KB037972

벗어?
버섯!

벗어?
버섯!

보잘것없는 존재들의
덧없어서
아름다운 이야기

심종록 지음

달아실

차례

책을 내며   07

1부. 빅뱅 이후   장미무당버섯과 홍옥   10

소녀먹물버섯과 봄날 저녁   14

참빗주름무당버섯과 눈   17

난버섯과 길   20

여우꽃각시버섯과 먼 훗날   22

먹물버섯과 매미   24

흰주름버섯과 노 보살   27

긴뿌리광대버섯과 별똥별   29

검은비늘버섯과 비밀   32

갈황색미치광이버섯과 중독   34

귀신그물버섯과 시인   36

흰나팔갈때기버섯과 이름   38

붉은덕다리버섯과 파지   40

노랑귀느타리버섯과 소리로 듣는 저녁   42

참무당버섯과 어떤 환영   45

졸각버섯과 기다림   48

붉은그물버섯과 당신의 나라   50

2부. 세상의 모든 날들   노란다발버섯과 별   54

잿빛가루광대버섯과 사이코패스   57

절구버섯아재비와 말하는 두더지 잡기   60

혀버섯과 개나리꽃   64

애기젖버섯과 사랑의 의미   67

뱀껍질광대버섯과 고달픈 남자들   70

푸른끈적버섯과 소금꽃   73

청머루무당버섯과 눈빛   75

국수버섯과 굴다리의 추억   78

젖버섯아재비와 닫힌 철대문   82

개암버섯과 은행나무   85

회흑색광대버섯과 한 잔의 유혹   88

접시껄껄이그물버섯과 등에   91

잿빛만가닥버섯과 갈대   94

노란분말그물버섯과 겨우살이   96

세발버섯과 손   98

푸른주름무당버섯과 카바이드   101

붉은말뚝버섯과 종교   104

3부. 도색영화의 주인공처럼 달걀버섯과 amour passion 108
녹변나팔버섯과 초록 희망 112
독우산광대버섯과 빛 115
긴대말불버섯과 노래 119
족제비눈물버섯과 몰약 123
파리버섯과 팬데믹 시대 126
붉은사슴뿔버섯과 한스 129
회색깔때기버섯과 엉덩이 숭배 132
꾀꼬리버섯과 닫힌 문 열기 135
어리알버섯과 몽마 138
당귀젖버섯과 유태성숙 141
우산버섯과 일곱째 날 144
붉은비단그물버섯과 성묵화 147
가지색그물버섯과 결박 예술 150
마귀광대버섯과 빛 153
털밤그물버섯과 즐거운 전복 155
큰갓버섯과 돈 내고 하는 섹스 158
보라끈적버섯과 뱀프(vamps) 161

발문 _ 버섯에 빗댄 수만 가지 마음의
풍광을 기록하다 _ **최삼경** 164

벗어?
버섯!

버섯을 발견하기 위해 떠돌아다닌 지 10여 년 만에 산문집 한 권을 묶는다. 버섯이란 존재에 관심을 가지게 된 것은 실로 기막힌 우연이었다. 10여 년 동안 배본을 했었는데 회사가 확장 이전과 동시에 외부 기관의 기업 컨설팅을 받으면서 권고사직을 당한 것이다. 분노와 좌절의 시간 속에서 수락산 도정봉을 올랐다가 뜻밖의 존재와 마주쳤다. 막 갓을 펼치고 있는 마귀광대버섯이었다. 버섯과의 첫 인연은 그렇게 시작되었고 어느새 십여 년이 훌쩍 흘렀다.

여기 있는 버섯 사진은 하나하나 발품을 팔아가며 발견하고 찍은 것들이다. 그리고 순간순간의 느낌과 생각들을 덧붙였다. 지인들이 버섯 박사라 애칭으로 부르는데, 몇 권의 버섯 도감과 눈썰미와 미각(때로 긴가민가한 독버섯을 따서 직접 먹어보기도 했다)으로 배운 것이니, 라이선스 없는 날라리 박사는 분명하다. 한 가지 덧붙인다면 식용 버섯에는 그다지 정이 가지 않는다는 것이다. 누군가 물었다. 돈도 안 되는 버섯 왜 그리 찾아 헤매느냐고. 인삼을 찾든지 돈 되는 약용 버섯을 캐라고. 그것들은 다 임자가 있고 눈에 불을 켜고 찾아다니는 사람들이 부지기수라서 나로서는 꿈도 못 꿀 일이다.

버섯을 가지고 글을 쓴 사람은 아직 없는 것으로 알고 있다. 이 책이 출간되어 조금이라도 관심을 받았으면 좋겠다.

2021년
심종록

1부.

빅뱅
이후

장미무당버섯과
홍옥

여름부터 가을 사이에 주로 참나무 아래 모래땅에서 자라는 장미무당버섯. 갓 색깔이 밝은 핏빛이라서 핏빛갓버섯, 혈색무당버섯이라고도 부른다. 우산살처럼 성근 주름살은 백색인데 성숙할수록 노랗게 변해간다. 흰색 자루는 시간이 지날수록 갓처럼 핏빛으로 변한다. 맵고 쓴맛이 강해 먹기는 힘드나 종양을 억제하는 효능이 있는 약용 버섯이다. 무당버섯과 상당히 흡사한데 무당버섯은 대의 색이 변하지 않는다.

후끈하던 바람의 기세가 많이 꺾였다. 한낮의 열기는 여전하지만, 살에 와 닿는 바람에 가을이 머잖았음을 예감할 수 있다. 바람을 거슬러 산에 들었다가 장미무당버섯을 만났다.

　이렇게 아름다운 모습의 장미무당버섯을 발견한 것은 기적에 가깝다. 버섯의 생애 사이클이 짧은 탓도 있겠지만 ―아침에 피었다가 저녁에 지고 마는 것이 나팔꽃만은 아니다― 빗물에 색이 바래거나 벌레들이 갉아먹어 순식간에 추레해진다.

　찬바람이 들기 시작하면서 버섯들도 하나둘 자취를 감춘다. 그래서 가을은 누군가가 그리워지는 계절이기도 하다. 그 누군가를 홍옥이라 불렀던 때가 있었다.

　청량리에 간다
　홍옥을 만나러
　어디에도 있는
　홍옥, 그러나
　청량리에 간다
　홍옥을 사러

　맨 처음
　그댄 홍옥이 아니었겠지

마른 몸매에
살이 오르고
무성한 잎의
머릿결이 흩날리고
둥글게 씨방을 채워 나갈 때
태양이었겠지
태양처럼 빛나고 있다고
믿었겠지

홍옥은 그대 이름
아니, 홍옥은 사과
사과의 즙을 마시며
어쩔 줄 모르는 그대
사과의 씨를
아무 곳에다 버리는 홍옥
정말 우연처럼
가지에서 떨어진

헝겊으로 닦으면
빛나는
홍옥을 사러
청량리에 간다

홍옥은 찬바람이 들기 직전부터 국광이나 부사가 나올 때까지 맛볼 수 있는 사과의 한 품종이다. 익으면 검붉은 빛이 돈다. 몸서리칠 정도로 새콤달콤한 맛과 흥건한 과즙이 농밀하면서 풍부하다. 하지만 병충해에 약하고 익기도 전에 떨어지는 것이 많아 수확량이 적다. 게다가 상처가 금방 나고 쉽게 멍이 들어서 저장도 쉽지 않다. 수확 직후 한 달 정도 시장에 나왔다가 겨울이 시작되면 자취를 감춘다. 헝겊으로 닦으면 통점처럼 반짝인다.

　낙원의 사과나무는 오래전에 베어졌다.

　그러나 내 맛망울은 그때, 네가 부끄러운 듯 건네주었던 핏빛 과육의 맛과 향기를 지금도 잊지 못한다.

소녀먹물버섯과
봄날 저녁

소녀먹물버섯은 낙엽이나 거름
이 썩는 곳에 주로 무리 지어 발생한다. 알 모양의 갓이 점차로 종 모양이 되었다가 펼친 우
산처럼 되는데 솜털 비늘이 떨어지지 않고 계속 붙어 있다. 위의 사진은 갓이 펼쳐지기 전의
모습을 찍었다. 벌레가 펼쳐지기 전의 갓을 파먹어 구멍이 뚫렸다. 재먹물버섯과 매우 닮았
는데 재먹물버섯은 소똥이나 말똥 위에서 자란다.

 저물녘인데도 환하다. 웃음소리
가 끊이질 않는다. 아이들이 앞마당
을 맴돈다. 달려오던 아이가 발부리
에 걸려 넘어진다. 다시 웃음소리 터
진다. 제풀에 놀라 화들짝 꽃잎을
쏟아붓는 꽃나무 아래 소녀는 서 있
다. 칭얼대는 동생을 업고 또 한 동생의 손을 쥐고. 아이들 웃음소리와
는 다른 봄날 저녁의 추위가 앙다문 입술을 파리하게 만든다. 어둠이
지척인데 엄마는 왜 아직 안 오실까.

  야반도주하던 밤이 생각난다. 눈 감고서 깡깡이 발로도 안방처럼
드나들었던 고샅이 그날따라 왜 그리 멀고 험했는지. 소름이 돋을 정
도로 달이 밝았는데 아무것도 보이질 않았다. 동생을 업고 몸무게보
다 무거운 보따리를 들고 허둥거리며 엄마 뒤를 쫓다가 허방에라도 빠
진 것처럼 중심을 잃고 비틀거렸을 때의 당혹감. 문지르면 번질 것 같던
달빛에도 캄캄절벽만 같았던 밤길을 눈 뜬 소경처럼 더듬거리는 동안
소녀는 자신의 운명이 바뀌었다는 것을 알았다. 다시는 이 길로 들어서
지 못하리라.

  비린 냄새와 함께 젓가락 장단이 들린다. 화톳불 위에서 고기들이
익어가고 사내들이 술판을 벌이고 있다. 헤어지면 그리웁고 만나보면

시들하고~ 가족을 야반도주하게 만든 장본인. 잊으려 애쓰는 얼굴이
되살아난다.

"언니 배고파. 엄마 언제 와?"
"조금만… 더 기다리자."
느자구없이 목소리가 잠긴다.
"언니… 울어?"
손을 꽉 쥔 동생이 올려다보며 묻는다. 목소리에 겁이 잔뜩 실려 있
다. 흙먼지를 일으키는 저녁 바람이 꽃나무 근처에서 회오리를 일으킨
다. 꽃무리들이 화르륵 날아올라 눈앞을 어지럽힌다.
소녀는 꺼끌한 눈가를 문지른다. 결심을 산(酸)처럼 녹여버리는 눈
물이 허기보다 서러운 봄날 저녁이다.

참빗주름무당버섯과
눈

참빗주름무당버섯은 여름부터 가을 사이에 활엽수림에서 볼 수 있다. 둥근 산 모양에서 깔때기 모양으로 변하는 계피색 갓과 하얀 주름살은 상처가 나면 적갈색으로 변한다. 주름살은 참빗처럼 촘촘하다. 살과 대는 단단하면서 하얀데 상처를 입으면 적갈색의 얼룩이 생긴다. 특이하게도 청어 냄새가 나는 식용 버섯이다.

무한천공에서 이뤄지는 음소들의 이합집산. 형태가 제각각인 음소들이 부딪치고 구부러지고 흩어지고 모이면서 지상으로 내려온다. 하나 둘 다섯 일곱 백 천의 무구하고 가벼운 음소들. 어떤 것은 웃음소리처럼 가볍고 어떤 것은 물먹은 습자지로 무겁다. 용의 비늘만 한 크기가 있는가 하면 미세먼지처럼 크기를 가늠할 수 없는 것들도 있다. 크기와 무게와 모양은 제각각이지만, 지상에 근접할수록 육방정형의 독특한 결정을 이루면서 하나의 음절로 몸을 입는다.

　눈(雪).

　말(言)이 몸을 입어 한때나마 평화롭기를 기대했던 곳이 세상이었듯, 규정할 수 없는 몸짓이 하나 또는 둘 이상의 의미를 지녀서 참람하고 아득한 곳도 세상이다.

　세상에, 눈 온다!

　눈발들. 보이지 않는 낙하산을 매단 듯 가볍게 흔들리며 내려온다. 작고 보드라운 눈발 하나가 이마에 닿아 물큰하게 녹는다. 정처 없어 가볍고 대책 없어 무거운 눈들의 수다. 폭설의 전조를 알리는 에스키스다. 점차 부피를 더하며 점령지를 넓힌다.

설국(雪國).

음절과 음절의 조합으로 만들어진 눈의 나라. 외려 시큰해서 오해를 사고 유혹을 거부하다 얼음으로 굳어버린 폭설의 조계지. 냉기로 무장한 바람이 바리케이드를 넘을 때마다 몸이 가볍다 싶은 것들이 염치없이 따라붙다 제 무게에 주저앉고 만다. 습설의 업을 가진 눈덩이들이 나목의 팔을 잡아 비튼다. 얼었던 가지가 설해목으로 부러진다. 나지막한 오후의 풍경이 진저리치다 가뭇해진다.

모양이며 표정이 제각각인 앙상한 나무들. 사위어가는 일몰의 반대편으로 일제히 그림자를 드리운다. 말을 잃어버린 사람도 예외는 아니어서 적막한 그림자로 서서 먼 불빛만 바라보고 있다.

난버섯과
길

난버섯은 봄부터
가을까지 주로 썩어가는 넓은잎나무에서 나타난다. 방사상 무늬가 선명한 종 모양의 갓은
회갈색이나 붉은 갈색인데 성장할수록 편평해진다. 약간 빽빽한 주름살은 흰색에서 연붉은
색으로 변한다. 대는 연한 회갈색으로 밑이 조금 더 굵고 섬유 비늘이 붙어있다. 담백한 맛
을 가진 식용 버섯인데 최근 환각을 일으키는 살로시빈을 가지고 있는 것으로 밝혀졌다.

길 앞에 서 있습니다. 계곡을 건너는 외길입니다. 햇빛 쨍쨍한 날이 저 길을 만들었을까? 의구심이 듭니다. 부라퀴 같은 바람이? 곰살가운 달빛이? 인기척 없이 다가와 목덜미에 손을 대는 순간 섬뜩하게 느껴지는 가을비가? 새우처럼 등을 구부린 채 사타구니에 두 손을 넣고 잠든 사람을 덮어주던 싸락눈이?

길을 만든 것은 나입니다. 당신에게 조금이라도 더 가까이 가기 위하여 죄를 짓는 심정으로 길을 내었습니다. 가시덤불을 헤치고, 바위의 갈라진 틈을 기어오르고, 고소공포증에 떨면서 낭떠러지를 건너고 막힌 물길 앞에서 자발없이 흐느끼면서 만들었습니다. 떠나면서 잠시 뒤돌아본 당신의 눈빛이 주저앉는 용기를 부추긴 거라고 자위합니다. 참회의 길을 걸으며 없는 당신을 뒤쫓는 것이 내가 받은 달란트인지도 모릅니다.

지난여름 완두콩만 한 우박이 비탈 지대 농작물을 아작일 때도 길에서 있습니다. 누가 그랬었지요. 길을 걷는 것도 기도이자 수도고 고행이라고. 당신은 좋은 행동도 하지 말고 나쁜 행동도 하지 말고 강력한 수행도 하지 말며 올바른 길도 만들지 말고, 아무것도 만들지 말고 오로지 곧바로 나아가십시오. 오직 허공처럼 맑은 마음만 지니십시오[1] 그러나 허공처럼 마음이 자유롭지 못한 나는 오늘도 당신을 찾아 헤맵니다. 몸부림칠수록 더 깊이 빠져드는 늪처럼 당신은 나를 가두고, 또 무한정으로 풀어놓습니다.

---

1 숭산, 『오직 모를 뿐』

여우꽃각시버섯과
먼 훗날

여우꽃각시버섯은 여름과 가을에
정원이나 깊지 않은 숲에서 볼 수 있다. 갓 표면은 백색인데 노란 분말이 퍼져 있다. 방사상
의 선이 선명한 얇은 갓은 금방 찢어진다. 바람에 흔들리는 대와 쉽게 찢어지는 얇은 갓이
영락없이 꼬리만 남기고 사라지는 여우를 닮았다.

달이 밝았다. 물소리는 서늘하면서 깊었다. 그럴 수 없어. 이미 남의 사람인걸. 도리질하며 주저앉는 마음을 몸이 일으켜 세웠다. 한 번만, 딱 한 번만 보고 오자. 몽유병 환자처럼 길을 걸었다. 먼 곳의 베란다 불빛이 오월의 목련꽃처럼 피고 있었다. 풍성하고 긴 머리채를 뒤로 묶고 식탁을 차리고 있었다. 학원에서 돌아오는 아이 등을 토닥거리고 마주 앉은 사람에게 생선 살을 발라주고 있었다.

봄날 저녁 바람이 베란다 밖에서 인기척을 냈던가. 창가로 다가서던 발걸음이 멎고 눈빛에 놀람이 번졌다. 벌어지는 입을 손바닥이 틀어막았다. 대체 무슨 짓을 하는 거지? 막급한 후회보다 몸이 먼저 돌아섰지만, 이미 균형을 잃은 뒤였다. 정신을 차렸을 때는 불어난 계곡물이 허리를 휘어 감고 있었다.

먼 훗날. 낯선 도시 모퉁이를 돌다가 약속도 없이 우연히 마주치면, 우린 무슨 말을 할 수 있을까.

먹물버섯과
매미

먹물버섯은 여름부터
가을에 걸쳐 초원이나 잔디밭 풀밭 등에서 나타난다. 대와 함께 솟아날 때는 긴 알 모양이
다. 갓은 흰색이나 연회색의 털로 이루어져 있는데 성장이 끝나면 검게 녹아내린다. 주름살
은 흰색에서 검은색으로 변한다. 대는 흰색이고 턱받이가 있다. 유럽에서 애용하는 식용 버
섯인데 먹물로 변해 녹아내리면서 독성이 생긴다. 술과 함께 먹는 것은 위험하다.

문지방을 넘는다. 암흑 세상에 미명이 감돈다. 그녀에게서 뿜어져 나오는 빛 때문이다. 짙은 코발트빛이 채도를 잃어간다. 천지간의 경계가 점차로 뚜렷해지고 사물들은 자신의 정체성을 규정한다. 해, 바다, 나무, 꽃, 구름. 낱낱의 존재들이 이름을 얻자 때를 기다렸다는 듯이 매미가 운다. 다급하고 모지락스럽게 운다.

매미는 사내의 화신이다. 그레고르 잠자(Gregor Samsa)가 벌레로 변했듯이 한 나라의 주인이었던 그도 매미로 탈바꿈하고 말았다. 축복인지 저주인지는 알 수 없다. 운명은 상대적이니까. 물론 선택의 여지도 없다. 사막의 모래가 한 잔의 커피가 될 수 없는 것처럼, 아스타일이 해당화로 꽃 필 수 없는 것처럼.

이유가 있다면 오직 뜨거운 피를 가졌다는 것이다. 유혹하고 싶은 욕망, 유혹당하고 싶은 충동이 서로를 끌어당겼다. 사랑은 뜨거웠고 아름답고 거칠었지만 허전하도록 짧았다. 죽어도 좋을 쾌락의 불꽃을 영원히 타오르게 할 수는 없을까. 다이아몬드처럼 영롱할 수는 없을까?

갈급을 다스리지 못한 충동이 화근이었다. 불사의 몸을 얻긴 했으나 시간의 잔인한 채찍질에 속수무책 꺾이고 시드는 젊음에 경악했다. 불멸의 몸을 얻은 탓에 죽지는 못하고 가시덤불로 말라가는 사내의 소망은 필멸의 문턱을 넘는 것이었다. 측은해서였을까. 운명은 그에게 소멸 대신 매미의 몸을 빌려주었다.

　매미가 모지락스럽게 운다. 자신을 잊었냐는 듯 황망하게 운다. 눈부시도록 빛나는 숄을 두른 나신의 그녀가 모른 척 중천을 걷는다. 여름에 몸을 기탁한 것들이 후끈 달아오른다. 관음증이 못마땅한지 조각구름이 달려들어 한바탕 소나기로 후려칠 기세다.

흰주름버섯과
노 보살

흰주름버섯은 여름부터 가을에 풀밭이나 잔디밭에서 발생한다. 흰색 갓 위에 노란 비늘 조각이 붙어 있다. 갓이 펴지면 주름살을 감싸고 있던 외피막이 벗겨져 떨어진다. 성장하면서 주름살이 흰색에서 갈색으로 변한다. 대는 흰색인데 솜털이 붙어 있다. 갓이 펴지면 치마 모양의 턱받이가 생긴다. 열에 파괴되는 발암 물질을 가지고 있는 식용 버섯이다.

학승(學僧)이었던 그는 배움이 모자란 탓에 깨달음에 이르지 못한다는 자격지심에 시달리다가 목숨을 끊었다. 내생에 머리 좋은 남자로 다시 태어나 반드시 부처의 경지에 도달하고 말겠다는 다짐으로 스스로 자멸을 택해 불나무에 올랐다.

반면 노 보살은 새벽마다 정화수를 떠 부처님께 공양하면서 백혈병 선고를 받은 손녀의 안녕을 기원하느라 굽은 허리가 더 굽어버렸다.

깨달음에 집착했던 그에게 세상이 소망을 성취할 수 없었던 지옥이었다면 할머니가 아픈 손녀를 위해 희망의 끈을 놓지 않는 여기는 그렇다면 극락일까?

나무 사만다 못다남 옴 도로도로 지미 사바하 나무 사만다 못다남 옴 도로도로 지미 사바하
나무 사만다 못다남 옴 도로도로 지미 사바하

극락왕생 비는 노스님의 독송이 파도처럼 넘실거리는 명부전 너머, 손녀를 위해 빌고 또 비는 노 보살의 뒷모습이 오늘따라 더 굽어만 보인다.

긴뿌리광대버섯과
별똥별

        긴뿌리광대버섯은 여름부터 가을 사이 혼합림의 모래 섞인 땅에서 나타난다. 구형인 흰색의 갓에 회색이나 회갈색의 뿔 사마귀가 붙어 있다. 갓은 성장하면서 평편하게 펴지는데 외피막이 가장자리에 붙는다. 주름살은 희거나 회색이다. 굵은 대는 성장하면서 윗부분이 가늘어지고 아랫부분은 곤봉처럼 몽툭해진다. 지상에서 자라는 것만 보고서는 양파광대버섯이나 뿌리광대버섯, 흰가시광대버섯과 구분이 쉽지 않다. 광대버섯류들은 대부분 독버섯이다. 해독제가 없는 독을 함유한 것들도 있다.

폭설이 지나간 자리, 세상은 환해서 적막하고 적막해서 환하다. 산마루 뾰족 예배당 십자가 주변을 때늦은 성탄 별들이 떠돌고 있다. 폭설의 격류에 하늘의 이정표까지 휩쓸렸는가. 그래서 성탄의 별이여. 너도 행로를 잃고 방황 중인가.

뉴스는 폭설로 마비된 도시의 근황을 속보로 전한다. 비행기는 나흘째 결항이다. 얼어붙은 도로에서 뒤엉킨 차들의 연쇄 추돌 사고. 멈춰 선 지상철 비상문을 빠져나온 사람들이 얼어붙은 선로 위를 걷는 장면이 재생된다. 화이트 크리스마스의 은총이 끝내는 대폭설의 재앙으로 돌변했다.

파국의 전조를 예감하지 못했다는 건 거짓말. 알면서도 모른 척했을 뿐이다. 일말의 요행도 없진 않았다. 희망이란 그런 것이니까. 예감이 현실로 확인되자 외려 홀가분해졌다. 후회도 미련도 없었다. 돌계단을 오르는데 눈발이 박수처럼 쏟아졌다. 기다리고 있었다는 듯이 이국풍의 문이 열렸다. 대형 모니터 속에서 산타클로스 복장을 한 기상 캐스터가 화이트 크리스마스를 기대해도 좋을 것 같다며 함박눈 소식을 전하고 있었다. 오래 목마른 가문비나무처럼 술을 마셨다. 너라는 존재가 초신성 폭발을 일으키며 사라졌다는 사실을 깨닫는 순간 깜깜 암흑이 왔다.

폭설은 나흘 동안 쏟아졌다고 했다. 기상 관측 이래 최대의 적설량이라는 설명과 함께. 눈이 그치자 강력한 시베리아 한파가 모든 것을 얼려버렸다. 비행기는 결항되었고 배들은 항구에 발이 묶였다. 차들은 시동이 걸리지 않았다. 배수관이 얼어붙었고 수도 계량기는 작심하고 터졌다.

맹추위가 기승을 부리는 밤하늘. 별들은 한층 멀어 보이면서도 차갑고 날카롭게 반짝인다. 물리적 거리 탓만은 아닐 것이다. 별은 가볍고 무거운 소망의 대체물이다. 필멸이면서 불멸인 청춘이고, 내일이면서 어제인 열정이다. 오늘이자 미래의 불안이고 담뱃불의 뜨거운 고독이기도 하다. 얼음으로 불타고 잉걸로 얼어붙는다.

창백하고 견고한 어둠을 가로지르던 별똥별이 사선을 그으며 사라진다.

검은비늘버섯과
비밀

검은비늘버섯은 여름부터 가을에 걸쳐 넓은잎나무의 줄기나 그루터기에서 발생한다. 반구형의 노란 갈색 갓 위에 삼각형의 하얀 비늘이 붙어 있다가 검은 갈색이 되어 떨어진다. 빽빽한 주름살은 황백색에서 갈색으로 변한다. 흰노랑 비늘이 촘촘하게 붙어 있는 대는 비늘이 떨어져 나가며 갈색으로 변한다. 식용 버섯이지만 날것으로 먹으면 설사와 알레르기를 일으킨다.

가뭄이 심해졌다. 송천 물도 줄고 골지천 물도 줄어 바닥을 드러낸다. 징검돌을 넘실거리던 갈망들은 하마 바다에 닿았을까. 바닥이 드러난 아우라지를 하오의 해가 자박거리며 건너간다. 물길이 얕아졌으니 나루에 묶인 줄배의 자물쇠를 끄를 일도 없다.

'반어'라는 물고기가 있다. 한반도 이남의 특정 민물에서만 사는 토종 어류로 정식 이름은 얼음치, 또는 어름치다. 그러니까 반어는 어름치의 방언인 셈인데, 춘천이나 평창 지역에서 아득한 옛날부터 친근하게 불렀던 이름이다. 수온이 17℃ 이상 올라가는 여름, 맑은 물이 완만하게 흐르는 자갈이 깔린 여울 바닥에 구덩이를 파고 산란을 하는데, 체외 수정을 끝낸 수컷이 알이 떠내려가지 않도록 알 위에 작은 자갈을 물어와 탑을 쌓는다. 수중 식물과 작은 물고기를 먹는 것 외에 정확한 생태는 아직 알려지지 않았다.

나이테를 감춘 나무처럼 이끼에 덮여가는 바위처럼, 일어서서 먼 곳을 바라보는 사막의 전갈처럼 독한 비밀 하나 마음속에 똬리를 틀고 있다.

갈황색미치광이버섯과
중독

　　　　　갈황색미치광이버섯은 여름부터 가을 사이
에 활엽수 밑동이나 썩은 나무 밑동에서 자란다. 반원 모양의 황색 갓은 성장할수록 평편해
지면서 황갈색으로 변하는데 작은 섬유 비늘이 있다. 주름살은 갓보다 약간 연한 황색이다.
대는 갓과 같은 색으로 갈색의 턱받이를 달고 있다. 환각과 정신 착란을 일으키는 독버섯으
로 실로시빈과 무스카린이라는 독성 물질을 함유하고 있다.

5월이다. 빨갛게 부풀어 오르는 상처 같은 꽃, 장미가 핀다. 낡은 턴 테이블에 판을 올리고 쳇 베이커(Chet Baker)의 <Everything Happens To Me>를 듣는다. 장미 만발한 오월에 그는 마약에 취해 시드는 장미처럼, 암스테르담의 싸구려 호텔의 창문 밖으로 나풀 떨어져 내렸다. 태양을 향해 날아올랐다가 바다로 추락해버린 이카로스처럼.

그는 음악을 위해 마약을 했던 것일까. 마약을 위해서 음악을 했던 것일까. 중독은 그것이 어떤 종류든 간에 불안이나 주어진 문제를 회피하려는 행동의 결과다. 반면에 중독은 엄청난 시너지 효과를 발휘하는 보상 기제이기도 하다. 예술가들에게 특히 그런데, 현실에서 맞닥뜨릴 수밖에 없는 온갖 부조리하고 잡다한 문제를 단번에 무용지물로 만드는 힘을 얻어 창조적 열정에 몰입할 수 있게 만든다.

쳇 베이커가 마약에 몰입한 이유도 그것이 아닐까. 한 톨의 마약은 그에게 최상의 연주를 할 수 있는 힘을 주었을 것이다. 세상에 공짜는 없고 결국 메피스토펠레스에게 목숨을 빼앗겼지만.

공복의 아침, 커피믹스에 소주 한 잔을 섞어 마시며 그의 노래를 듣는다. 트럼펫 소리가 장미의 가시처럼, 감미로운 고통처럼 심장을 찌른다. 무아지경의 도취가 타임아웃(time out)의 경계를 넘는다.

귀신그물버섯과
시인

　　　　　　　　　　　　　　　　귀신그물버섯은 여름부터 가을
사이 혼합림에서 볼 수 있다. 갓은 연갈색에서 회갈색인데 윗부분에 밤갈색으로 뭉쳐진 솜
털이 있다. 갓은 흰색인데 상처를 내면 붉은색이 되었다가 검게 변한다. 갓 아래는 다각형의
관공으로 이루어져 있다. 처음엔 흰색이었다가 성장하면서 검게 변한다. 대는 어두운 갈색
이고 비늘이 붙어 있다. 섬뜩한 이름과는 달리 소나무 향이 나는 괜찮은 식용 버섯이자 약
용 버섯으로 심장병과 성인병 예방에 좋다.

한국고용정보원이 작성한 <2016년 한국의 직업 조사> 항목에 의하면 한국에서 가장 가난한 직업이 시인이다. 시인의 1년 소득은 평균 542만 원으로 한 달 평균 50만 원이 안 된다. 시 한 편의 고료가 5만 원이라고 할 때, 한 달에 10편을 발표하고 꼬박꼬박 원고료를 받아야 50만 원이다. 그렇게 1년 열두 달, 100편을 써야 500만 원이다. 살아생전 53권의 시집을 낸 조병화와 그 뒤를 잇는 과작 시인이 없는 건 아니지만, 시인이 1년마다 한 권 분량의 시를 발표한다는 건 넌센스다. 더군다나 발표하는 족족 고료를 받는다? 그런 대접을 받는 시인이 과연 있기는 할까?

겨울에 원고 청탁을 받았다. 시 한 편. 덧붙이기를 고료도 있다면서 금액이 평균을 넘는 액수였다. 내심 놀랐다. 봄에 책이 나왔다. 고료는 들어왔다. 처음 말했던 금액의 절반에도 미치지 못했지만. 시인들이 고료는커녕 시를 발표할 지면만 얻어도 감지덕지하는 판에 무슨 투정이냐고 지청구 들을 소린지 모르겠지만 쓰게 웃은 건 사실이다.

시를 쓴다는 건 키케로의 말대로 '광기'인지도 모른다. 쾨지모도 식의 '천형'일 수도 있다. 그러나 자본주의 사회에서는 광기나 천형도 기호 상품의 하나라서 자산가들이 특별한 금액을 주고 구매한다.

흰나팔깔때기버섯과
이름
― 故 김종만 형의 영전에

이 땅에서는 아직 이름을 얻지 못한 흰나
팔깔때기버섯(가칭) Clitocybe trogioides var. 어릴 때는 흰색이지만 노화되면서 연갈색으로
변한다.

산속에서 평화롭게 살고자 했던 사람이 있었다. 담장 없는 산채 하나 짓고 너나들이 없이 오순도순.

십자가 없으면 어때. 보이는 모든 경이가 기쁨인 예배당 만들고. 지붕 없으면 또 어때. 유성이 길고 아름다운 꼬리를 그리며 떨어지는 교실 바닥에 도토리며 알밤 같은 아이들이 까르르 웃는 학교도 짓고.

세상에서 가장 아름다운 향기는 흙의 내음(향기)이라면서 호를 '흙내'라 지었던, 무교회주의자 우찌무라 간조(內村鑑三)와 김교신, 씨알 함석헌의 저서를 즐겨 정독했던, 1980년대 중반 민중교육지 사건으로 모진 고통을 당했던, 여러 번 해직과 복직을 반복했던 김종만 형.

이른 봄이면 오래 삭힌 똥물을 퍼 해빙을 기다리는 흙 위에 이불처럼 덮어주었으리라. 여름이면 복숭아밭에서 풀을 매다 풀물 든 손을 흔들었으리라. 가을이면 툇마루에 나앉아 저무는 하늘 바라보며 아이들과 오래된 동요 나직이 불렀으리라. 흰 눈이 세상을 하얗게 덮을 때, 크리스마스 별처럼 반짝이는 눈을 가진 아이들이 눈밭을 헤치며 뛰어 들어오는 학교는 그러나 이 세상에 없다. 모든 것이 무위로 돌아갔기 때문이다. 콘크리트뿐인 도시에서 그는 흙냄새처럼 사라졌다.

아이들을 보듬고 살고자 했던 사람. 작은 소나무 같았던 사람. 아이들이 주인인 작은 예배당. 허름한 마구간 같은 수락 산채 한 채 세워놓고 저세상으로 떠났다. 이름 하나 남기고 오롯이.

붉은덕다리버섯과
파지

붉은덕다리버섯은 봄부터 여름까지 살아 있는 넓은잎나무나 고사목에 발생해서 나무를 썩게 하는 버섯이다. 선홍색이나 황적색으로 자라는데 늙으면 백색으로 변한다. 식용이긴 하지만 체질에 따라 중독 증상을 일으킨다.

부뚜막엔 파지들만 수북했다. 장마철 습기까지 머금은 침묵이 도리가 그렇다는 듯 기울어진 부엌을 점령하고 있었다. 열린 문으로 쏟아져 들어온 빛에 놀란 먼지들이 해쓱하게 날아올랐다 제풀에 가라앉았다. 어둡고 쓸쓸한 허공에서 점박이 몸통의 왕거미가 초병처럼 침입자를 노려보고 있었다.

먼지를 닦아내고 물을 부었다. 수십 번 붉은 줄이 그어진 파지들을 모아 불을 붙였다. 불땀 좋은 장작을 타오르게 만들고 사라진 원고들처럼 그는 한 줄기 연기로 몸을 바꾸어 사라졌다. 생이 한 번뿐이라면 무엇이든 할 수 있는데 아무것도 할 수가 없다고, 뒷면이 배기도록 꾹꾹 눌러 쓴 글을 오래 바라보았다.

솥뚜껑 사이로 끓어 넘친 눈물이 불땀에 마르는 소리가 희미하게 들려왔다.

노랑귀느타리버섯과
소리로 듣는 저녁

노랑귀느타리버섯은 가을과 겨울에 죽은 나뭇가지나 그루터기에서 자란다. 대가 없이 갓이 나무에 옆으로 붙어 자라거나 거꾸로 자란다. 갓과 주름살은 노란색 또는 노란 주황색이다. 갓 위에 잔털이 나 있다.

소경과 농아 중 누가 더 불편할까. 흔히들 말 못 하는 사람보다 보지 못하는 사람이 더 불편할 거라고 짐작한다. 깜깜하고 위태로운 세상 지팡이 하나에 의지하는 것보다 들리진 않지만 자유롭게 세상을 걸어 다닐 수 있는 사람이 몇 배는 더 자유로울 것이라 짐작한다.

"나는 두 가지 장애를 동시에 가지고 있습니다. 눈이 보이지 않는 것처럼 귀도 들리지 않아요. 그런데 보지 못하는 것보다 듣지 못하는 상황이 더 끔찍하고 불행한 것 같아요. 왜냐하면 가장 중요한 능력 즉, 언어를 창조하는 능력이 없으니까요. 말을 통해 사람들은 소통하고 생각과 사상을 서로 나눌 수 있어요. 세상의 모든 지혜는 말(언어)로써 전수되는 것이니까요. 나는 시각 장애보다 청각 장애가 더 큰 고통이자 불행이라고 생각합니다."

뇌척수막염으로 다중 장애를 앓았던 헬렌 켈러의 말이다. 그뿐인가. 춘추 시대 악공이었던 사광(師曠)은 음을 더 잘 들으려고 일부러 두 눈을 찔러 소경이 되었다. 이런 극단적인 행위를 옹호할 생각은 추호도 없지만, 보는 것보다는 신중하게 듣고 깊이 생각하는 일은 그 무엇보다도 중요하다. 베토벤은 숨이 끊어지기 전에 이렇게 중얼거렸다지. "하늘나라에 가면 나도 다시 소리를 들을 수 있을 거야."

영상미디어의 위력에 언어 문자가 빌빌거리는 시대. 놀이터에서 하늘로 튕겨 오르는 아이들 웃음소리 들려온다. 바람이 나무의 겨드랑이를 간질이는 소리. 자동차 심장이 뜨거워지는 소리. 낮과 밤이 임무 교대하는 틈을 타 저녁놀이 깔리고 어둠이 장막처럼 펼쳐지는 웅장한 소리. 그 소리에 귀 기울인다. 어느 집에선가 다투는 소리가 문득 정겹다.

참무당버섯과
어떤 환영

참무당버섯은 여름부터 가
을에 걸쳐 혼합림이나 잔디가 자라는 공원 등에서 볼 수 있다. 갓은 반구형에서 둥근 산 모양
을 거쳐 편평해지며 가운데가 오목하게 들어간다. 밝은 적색의 갓 둘레에 돌기선이 나타난다.
주름살은 흰색에서 갈황색으로 변한다. 하얀 대는 점차 회색으로 변한다. 식용 버섯이긴 하
지만 성장할 때 담갈색무당버섯이나 냄새무당버섯 등의 독버섯과 구분하기가 매우 힘들다.

고해소 계단은 가팔랐다. 어둠 속에는 이천 년 전의 곰팡냄새가 떠돌았다. 마음이 어지러울 때마다 소녀는 조심스럽게 계단을 내려갔다. 무릎을 꿇고 창살 너머에서 귀를 기울이고 있는 신부에게 죄를 고백했다. 소녀가 고백했던 죄의 목록들은 이런 것들이었다. 가출의 충동, 돈 벌고 싶은 소망, 앓아누운 아버지에 대한 연민과 돈에 집착하는 어머니에 대한 증오, 마주칠 때마다 잘생긴 성당 오빠가 던지는 의미심장한 눈빛.

　장맛비 내리던 어둑한 저녁, 살갑게 우산을 받쳐주던 오빠에게 첫 키스를 당했을 때 소녀는 수치심과 함께 영혼에 불이 붙는 것 같은 충격을 경험했다. 그날 이후로 모든 게 변했다.

　무시로 오빠의 얼굴이 떠오르는 것처럼 몸속 깊은 곳에서 뜨거운 불꽃이 타올랐다. 당혹감은 계속되었다. 그 상태로는 도저히 무릎을 꿇을 수 없을 것 같았다. 오빠에게 상처를 입히는 짓만 같았다. 소녀는 다시는 고해소의 가파른 계단을 내려가지 않았다.

　가을 학기가 시작될 무렵 취업 추천의뢰서를 받았다. 병마에 시달리는 아버지에게 조금이라도 도움이 될 수 있다는 사실이 무엇보다도 기뻤다. 크리스마스를 며칠 앞두고 늦게 퇴근하는 그녀 앞을 작은 꽃다발이 가로막았다. "한 시간이나 기다렸어. 생일 축하해." 눈물이 핑 돌았다. 까맣게 잊고 있었던 생일을 기억해준 것은 뜻밖에도 성당 오빠였다. 생각날 때마다 잊으려고 애썼던.

저녁을 먹고 술을 마셨다. "삼차는 제가 살게요. 오빠는 아직 학생이지만 난 사회인이잖아요." 술집에 들어간 것까지는 기억이 나는데 어떻게 그곳까지 갔는지는 기억에 없었다. 정신을 차렸을 때 소녀는 헝클어진 침대 위에서 벌거벗겨져 있는 자신을 발견했다. 옆에서 세상모르고 곯아떨어진 남자가 그라는 것을 깨닫는 순간 붉은 벽돌 성당의 고해소 계단이 환영처럼 떠올랐다 사라졌다. 물론 오래전의 일이었다.

졸각버섯과
기다림

졸각버섯은 여름부터
가을 사이 숲속이나 길가 가장자리에서 볼 수 있다. 연한 오렌지 갈색에서부터 붉은 갈색까
지 색이 다양하다. 습하면 갓 가장자리에 우산살 모양의 주름이 생긴다. 3cm 이하의 소형
버섯이다. 식용과 동시에 약용 버섯. 20종 이상의 유리아미노산 외에 진통 효과와 항종양
효과를 나타내는 성분이 들어 있다.

소금기 실린 바람 거슬러 오르는 해안가 절벽에서 꽃들이 봉오리를 막 열고 있다고, 해풍에 휘청대면서도 자줏빛 꽃들이 저마다의 생애를 다투기 시작한다고, 새벽 산책길에 나선 그대가 전송한 사진 한 장이 여름 책상 앞에 도착했습니다.

'바다 국화'라고도 부르는 국화과의 여러해살이풀이었어요. 이 땅의 남쪽 섬이나 해안가 바위틈에서 잘 자라는 국화, 그래서 이름도 해국(海菊)이지요. 크기는 30cm에서 60cm이고 줄기는 비스듬히 옆으로 자라는데 뿌리 근처에서 여러 갈래로 갈라져요. 주걱형 또는 도란형의 잎은 거친 바닷바람을 이겨내기 위해 두터우면서 부드러운 털에 쌓여 있고요. 때론 누군가의 접근을 경계하듯 톱니 같은 잎을 달고 있는 것들도 있지요. 여름부터 늦가을이 다 가도록 연보랏빛 꽃을 계속해서 피우는데 가을이 깊어갈수록 하얗게 변하기도 한답니다. 날카롭고 거친 바닷바람 속에서도 두려움 없이 끈질기게 꽃을 피워 올리는 여린 풀. 꽃말이 '기다림'이래요. 누군가를 기다리고, 또 너무 늦었지만 기다려주기를 바라면서 포기하지 않고 달려가는 마음을 닮아서일까요?

새벽에 홀로 깨어 바닷가를 거닌 내력이 무엇이었든지 간에 해국에 담아 보낸 사연이 눈에 보이는 듯합니다. 머잖아 가을도 그렇게 오겠지요. 몇 개의 거친 태풍 뒤를 쫓아서. 사소한 기쁨이 돋보이는 것은 거친 욕망이라는 먹구름 지대를 벗어났다는 안도감 때문일지도 모릅니다. 마음을 전해준 소식에 오늘은 종일 환할 것 같아요. 그대를 향해 안녕을 전합니다. 평안하기를.

붉은그물버섯과
당신의 나라

붉은그물버섯은 여름부터 가을
에 걸쳐 혼합림이나 잔디밭에서 나타난다. 둥그스름한 갓은 핏빛이거나 붉은 갈색인데 성
장하면서 평편해진다. 갓 아래는 노란색의 관공으로 이루어져 있는데 상처를 내면 검푸르
게 변한다. 대는 노란색이고 붉은 세로줄 무늬가 있다. 달콤한 냄새를 가진 식용 버섯으로
씹는 맛이 좋다. 약용 버섯이기도 하다.

아프가니스탄으로 밀입국해 바람과 햇볕과 구름만 유랑하는 모래 땅에 양귀비를 심어볼까. 구레나룻 무성하고 눈매 서늘한 친구의 보호를 받으며. 아침노을이 번지거나 저녁 잔광이 스러지는 시간 원색의 꽃들이 일제히 피어나 흔들리면 와락 기쁨의 샘이 발아래서 솟구칠지도 몰라. 양귀비 빨간 꽃 시들고 작고 탐스런 열매가 열리면 속살을 찢어 하얀 즙을 얻어야지. 덧없는 생에 몰입하는 사람처럼.

모래바람 그치고 햇살 달아오르는 날 낙타를 타고 당신을 찾아가야지. 그런데 당신의 나라는 여기서 얼마나 더 멀까?

2부

세상의
모든 날들

노란다발버섯과
별

떡갈나무 밑동에 무리 지어 자라는 노란다발버섯. 이른 봄부터 가을까지 주로 활엽수의 썩은 밑동에서 발생하는데 파시큐롤이라는 맹독을 함유하고 있다. 성장의 막바지에 다다르면 주름살과 대 아랫부분이 푸르스름한 녹황색으로 변한다.

내가 좋아하는 가수는 송창식이다. 나는 그의 노래 대부분을 좋아하는데 특히 <나의 기타 이야기>를 즐겨 듣는다. 가사를 한 줄로 요약하자면 '사랑 대신에 기타를 얻었다'는 뮤지션의 자기 고백이다. 기형도가 사랑을 잃고 시를 썼듯이 송창식은 소녀의 분신인 기타를 치며 밤하늘 은하수가 되어버린 사랑을 노래한다.

별들. 소유할 수 없기에, 내 것이 아니기에, 더 아름답고 그립고 탐나고, 때로 애틋해지는 존재들.

는개 내리는 이른 새벽의 우물 속은
빨갛게 루즈를 칠하고 있는 입술 같고
터널을 향해 달리는 늦은 기차 같고
기차를 타고 흔들리다 졸다
문득 깨어 덜컹거리는 유리창 비춰 보이는
낯선 얼굴 같고 헝클어진
머릿결 같고
등받이 의자에 불편스레 기대 다시 감은 눈 같고
유년의 봄눈 내리던 날 피던 동백꽃 같고
떨어져 구르던 꽃잎 같고
이제는 아무런 감흥도 일어나지 않는 습관적 귀향 같고
기차를 내리면 나를 기다릴 따뜻한 당신 같고
아무렇지도 않은데

으스러지게 당신을 껴안는 내 가슴 같고
는개 내리는 이른 새벽의 우물 속은
낯선 사람과의 하룻밤 같고
아, 끝내 도달할 수 없는 환상이라는 이름의 역 같은
는개 내리는 이른 새벽의 우물 속은

날밤을 새우며 끌탕을 앓던 사랑이 어느 순간 시큰해지는 이유가
뭘까? 열정으로 충만하던 사랑이 어느 순간 권태와 짜증으로 돌변하
는 것처럼

잿빛가루광대버섯과
사이코패스

잿빛가루광대버섯은 여름부터 가을 사이에 혼합림에서 나타난다. 몸 전체가 뭉친 거미줄 같은 잿빛 가루로 덮여 있다. 둥근 종 모양의 갓은 자라면서 볼록하게 부풀다가 늙으면 평편해진다. 갓 위의 거미줄 같은 가루는 비를 맞으면 바로 떨어져 나간다. 갓이 펴지면서 드러나는 주름살은 몸체와 달리 흰색인데 상처가 나면 갈색이 된다. 적혈구를 파괴하는 독버섯이다.

기시 유스케(貴志祐介)의 소설 『악의 교전(悪の教典)』은 사이코패스 교사 하스미가 자신의 매력을 미끼 삼아 학생들을 집단 살해하는 내용이다. 흔히들 사이코패스(이 단어는 소시오패스와 의미가 같다)는 반사회적 인격 장애자들로, 자신의 욕구를 충족시키기 위해서는 무슨 일이든 할 수 있는 사람으로 정의된다.

　도널드 트럼프 미국 대통령이 사이코패스가 아니냐는 논란이 일었다. 트럼프의 언행을 보고 일부 심리학자들이 그가 사이코패스, 소시오패스와 비슷한 인격 장애를 가지고 있다고 진단한 것이다. 거기에 치명타를 날린 사람이 메리 트럼프. 그녀는 자신의 저서에서 삼촌을 "양심 없는 할아버지의 유전자를 물려받은 소시오패스"라고 단호하게 저격했다.

　변호사이자 법학 교수인 M. E 토머스는 자신을 소시오패스라고 자가 진단한 후에 『나, 소시오패스』라는 책을 썼다. 그녀에 의하면 소시오패스는 자신이나 타인의 감정에 휘둘리지 않고, 자신을 과대평가하며, 사기나 거짓말에 능하고, 냉정하고 교활한 성품을 신이 준 재능이라고 믿는 동시에 '도덕성'은 판단 기준이 아니라 일종의 수단이라고 생각하는 사람이다. 그리고 그런 사람들이 사회에서 성공할 확률이 그렇지 않은 사람보다 월등히 높다고 단정하며, 이렇게 결론 내린다.

"내 생각에 더 큰 골칫덩이는 공감하는 사람들이다. 나쁜 정책인 줄 알면서도 찬성하고, 변덕스러운 감정에 휘둘리며, 다른 사람이 자신을 골탕 먹일 것이라거나 자신에게서 힘을 빼앗아버릴 거라는 공포심에 사로잡힌 무능하고 겁에 질린 탐욕스러운 사람들과 병적인 나르시시스트들 말이다. 그들보다 소시오패스가 훨씬 인간적이다."

맞는 말일 수도 있다. 단호한 결단력과 거침없는 추진력이 필요한 순간, 카리스마를 지닌 지도자가 등장해 일사불란한 통솔력을 발휘해 위기 상황을 벗어날 수도 있겠지만, 만에 하나, 그가 냉혹한 살인마나 선동과 궤변으로 사람을 미혹하는 독재자가 아니라고 누가 장담하나?

삶이란 게 본래 무질서한 것인데, 인간은 기를 쓰면서까지 삶의 확실성을 담보하려고 애쓴다. 사이코패스들은 그 간극을 파고든다. '더 나은 내일'이나 '영원한 행복', '변치 않는 진리' 따위의 감언이설로.
반구제기(反求諸己)라 했다. 스스로를 돌아보며 깨어 있어야 하는 이유다.

절구버섯아재비와
말하는 두더지 잡기

메갈로돈이 이빨을 드러낸 듯한 모습의
절구버섯아재비다. 여름과 가을 사이에 풀밭에서 볼 수 있다. 담갈색이나 담회색의 갓은 편
평한데 성장할수록 오목해져서 절구통형이 되면서 주름살이 밖으로 드러난다. 살은 흰색인
데 상처가 나면 홍색을 거쳐 검게 변한다. 주름살은 성기고 큼지막한데 노화하면서 끝부분
부터 색이 검게 변한다. 위아래 굵기가 같은 대는 연한 회색인데 비늘 가루가 붙어 있다. 마
지막엔 몸통 전체가 시커멓게 변해서 녹아내린다. 맹독 버섯이다. 노화가 진행되고 있는 순
간에 발견했다.

세상에는 많은 사람이 있는 것과 마찬가지로 그와 비슷한 수의 신앙이 있다. 그리고 모든 신앙은 미래지향적이다. 어떤 종교는 종말론을 내세우기도 하지만, 그것 역시 '내일의 무엇인가를 소망'하니 미래지향적이긴 마찬가지다.

신앙은 현실의 고통과 불안을 다독이는 힘과 위로를 당사자에게 제공한다. 기적을 바라는 ─때로 이루어지기도 하는─ 그 신앙은 그러나 양심과 도덕에 기초해 있어야 한다. 그것이 와해될 때, 이웃은 타도해야 할 '적'이 된다.

부숴봐, 다 깨부숴봐, 이년아, 이 개 같은 지애비, 시뻘겋게 살아, 눈 뜨고, 코 뜨고, 다 부숴봐, 니 애비까지 타도해봐, 이놈들아, 이 빨갱이 새끼들아, 멕이고 입힌, 이년아, 전민숙이, 이놈들아, 지아비 값비싼 술 처먹고, 바깥 잠 한 번 잤다고, 부숴봐, 이 빨갱이 새끼들아, 공산당 놈들아, 1·4 후퇴 때, 내려오다가, 다리병신, 부숴봐, 더 부숴봐, 이 새끼들아, 길거리에서 구경하다, 도망치다, 뒈지면, 열사고, 타도하자고? 네년 입히고 멕이느라, 우울한, 우울히, 술 한 잔, 이번 정차할 곳은, 적색 노선이므로, 삐아, 정차하지‥, 애용해주셔서‥, 이 두더지 같은 년놈들아, 독수공방? 네놈들, 입히고 가르치느라 골병든, 민주주의, 니 애비도 반정부, 정부? 타도해봐, 이 개새끼들아, 잠깐만, 아야, 아야, 왜 때려, 읽어주셔서, 감사합니다, 무사히, 더 때려봐, 아‥.

반공 보수주의자를 자처하는 목사가 어떤 집회에서 "여러분이 나처럼 승리하려면 여자를 이겨야 한다. 여자가 하는 말 중에 절반은 사탄의 말"이라며 "그래서 나는 내 마누라와 일절 상의를 안 한다"고 여성 폄훼 발언을 했다. 또한 '사랑제일교회'라는 이름과는 달리, 재개발로 인한 무리한 보상을 요구하며 테러 집단을 방불케 하는 난폭한 언행을 일삼았다.

　아내와 일절 상의를 하지 않는 게 어떻게 여자를 이기는 것인지, 가스통과 화염병으로 협박하면서 과도한 보상을 요구하는 것이 어떻게 사랑인지 모르겠지만 분명한 것은, 이런 극단적인 여성 혐오 발언과 폭력에 맞장구를 치고 열광하는 추종자들이 흔하다는 것이다.

　리처드 도킨스는 저서 『만들어진 신』에서 "누군가 망상에 시달리면 정신 이상이라고 한다. 다수가 망상에 시달리면 종교라고 한다"라는 로버트 퍼시그의 말을 인용하면서 극단적 무신론자의 면모를 유감없이 보여준다. 하지만 나는 그런 논리보다 움베르토 에코의 말에 더 마음이 기운다. 그는 『무엇을 믿을 것인가』에서 이렇게 고백한다.

　"만일 제가 머나먼 은하에서 온 여행자라면, 그래서 그러한 모범을 제시해낸 인간이라는 종을 발견하게 된다면, 저는 인간의 엄청난 신화 창조의 열정에 탄복하지 않을 수 없을 것입니다. 그래서 설령 초라하고 불쌍한 그 종이 많은 잘못을 저질렀다 하더라도, 그 모든 이야기가 진리라고 믿고 희망을 버리지 않았다는 그 사실 하나만으로 그 종의 허물은 다 씻길 수 있다고 판단했을 겁니다."

무신론자이면서도 절로 고개를 끄덕이게 되는 이유다.

혀버섯과
개나리꽃

　　　　　　　　　　　　　　　　　　혀버섯은 봄부터
가을까지 죽은 침엽수의 몸통에서 주로 발생한다. 노랑 황색의 몸통이 노화되면 혀에 낀 백
태처럼 하얗게 변한다. 침묵이 미덕인 시대는 종말을 고한 것일까.

구멍 숭숭 뚫린 슬레이트 지붕의 폐가가 있다. 반신불수의 몸처럼 한쪽이 허물어진 폐가를 시커먼 덤불이 에워쌌다. 치부를 가리기 위해 아무렇게나 던져놓은 가림막일까. 접근을 불허하는 바리케이드일까. 그리 볼만한 풍경은 아니다. 덤불 아래는 몰래 버린 듯 갖가지 쓰레기 더미들이 흩어져 있다. 누군가 몰래 궁둥이를 까 내리고 볼일을 본 듯한 흔적도 있다. 왜 저 볼썽사나운 것을 저대로 방치할까.

개나리가 활짝 피었습니다.
개가 활짝 짖었습니다.
나리가 활짝 웃었습니다.

비틀거리며 산비탈 걸어 올라갑니다. 봄밤 안개 사이로 주민등록증 좀 보여주실까요? 선명한 개나리 정중하게 요구합니다. 물오른 가지들 앞을 가로막으며 정·중·하·게·터키국경근처깊은산에서헤매던쿠르드족또한소녀가추위와굶주림견디지못하고아사(餓死).

아앗싸! 봄입니다. 아무런 저항 없이 내 얼굴 꺼내줍니다. 잠시 훑어보다요 위에서 강간 살인 사건 터졌어요. 돌아가세요. 내가 범인이고 싶… 어메리칸 새 대통령 저녁 만찬 기도하는 주간지 말아 줘고 나리꽃이 정중하게 흔들리는 봄

밤.

돌팔매질을 힘껏 하였습니다.

눈이 휘둥그레진다. 시커멓게 죽은 것 같던 덤불들이 노랗고 눈부신 꽃들을 무더기로 매달고 있다. 덤불 더미는 바리케이드가 아니라 군락을 이룬 개나리 나무들이다. 지난밤 내린 봄비와 야합이라도 한 듯 밝고 노랗고 환한 꽃들을 마구 쏟아내 놓았다.

노란 꽃들의 아우성. 밝은 한숨? 화려한 절규? 그러니 저것은 쾌락과 환희로 가득 찬 즐거운 나의 집. 나의 폐가. 나의 외로움, 나의 거짓말이다. 눈부시도록 환한 거짓말. 나의 헛헛증들이다.

애기젖버섯과
사랑의 의미

　　　　　　　　　　　　　애기젖버섯은 여름과 가을
에 숲에서 볼 수 있다. 하나씩, 때론 무리 지어 나타나기도 한다. 황갈색이나 회갈색의 평평
하던 갓은 노화가 진행될수록 오목하게 변한다. 갓이나 대에 상처를 내면 하얀 젖이 나오는
식용 버섯이다.

교황 요한 바오로 1세는 즉위 한 달 만에 세상을 떠났다. 돌발적인 그의 죽음은 많은 논란을 가져왔다. 교황청이 발표한 공식 사인은 심장 마비로 인한 돌연사였지만 세상 사람들은 고개를 흔들었다.

요한 바오로 1세는 용감하면서도 강직했다. 교황이 되자 바티칸 은행의 비리를 밝히려고 팔을 걷어붙였다. 신학적인 면에서도 평지풍파를 몰고 왔다. "하느님은 남성도 아니고 여성도 아니다. 그리고 하느님은 남성으로도 여성으로도 존재할 수 있다. 더 사실적으로 말하자면 하느님은 우리 모두의 어머니라고 하는 게 더 옳다." 이러한 공개적인 발언에 교황청은 경악했다. 결국 기득권을 유지하려는 바티칸 마피아들과 근본주의의 예복을 걸친 보수 반동들이 그를 독살했다는 주장이 세상 사람들의 입과 귀를 들락거렸다.

새로 가톨릭 수장이 된 프란치스코 교황이 제일 많이 한 말이 '사랑'이다. 사랑이 뭘까. 먹으려는 마음이다. 굳이 외설 시비에 휘말렸던 루벤스의 그림 <시몬과 페로>를 들먹이지 않더라도.

사도 바울은 "믿음과 소망과 사랑 중에서 제일이 사랑"이라 했고, 그의 스승 예수는 "여기 내 형제 중에 지극히 작은 자 하나에게 한 것이 곧 내게 한 것"이라고 선언했다.

"너는 과부나 고아를 해롭게 하지 말라."(출애굽 22장 22절)

"만일 너희들이 고아들에게 공정하지 못할 것같이 생각되면 누군가 마음에 드는 두 명, 세 명, 네 명의 여자와 결혼해도 좋다."(꾸란 4장 3절)

전쟁과 약탈과 사냥이 생존의 중요한 수단이 되는 고대 사막에서 절체절명의 위기에 내몰린 여성이나 고아들을 거두는 확실한 방법은 그들을 혈육과 동일시되는 가족으로 묶는 것이었다. 그런 역사적 사실을 도외시하고 무함마드가 '여성을 남성 쾌락을 위한 섹스 노리개'로 만들었다고 열변을 토하는 종교·정치 지도자들도 세상에는 여전하다.

뱀껍질광대버섯과
고달픈 남자들

뱀껍질광대버섯은 여름부터 가을 사이에 숲속에서 볼 수 있다. 반구형의 암회갈색 갓은 성장하면서 평편하게 변하고 위에 사마귀 같은 돌기가 솟아나 있다. 대는 백색에서 회갈색으로 인편이 붙어 있다. 중독되면 헛것을 보다가 혼수상태에 빠지기도 한다.

게브(Geb)와 누트(Nut)는 사랑했다. 사랑하다가 죽어도 좋은 정도로 둘이서 꼭 붙어 있으려 했다. 그들을 떼어놓은 건 슈(Shu)다. 슈의 훼방으로 연인들은 분리되었다. 게브는 발기한 남근을 곧추세운 채 누트를 바라보고, 누트는 허리가 들린 채 두 팔과 다리로 안간힘을 쓰며 게브에게 떨어지지 않으려 안간힘을 쓴다. 태초에 땅과 하늘이 분리되는 과정을 그린 이집트 신화인데, 이로 미루어보면 원래 하늘과 땅은 허머프러다이트[2]였다는 말이다.

인간도 본래는 남녀 하나의 완벽한 자웅동체였는데 질투한 신이 남자와 여자로 갈라놓았다지. 그 후 인간은 잃어버린 반쪽을 찾아 헤매고, 찾았다 싶은 순간 완전무결한 합일체가 되기 위하여 손과 손을 깍지 끼고 입술과 입술을 포개며 육체적 희열에 빠져든다. 그러나 희열이 시들해지면 온갖 핑계를 만들어 헤어지고는 다시 새로운 짝을 찾아 나선다.

남녀평등, 조형적 섹슈얼리티(plastic sexuality)[3]라는 말도 한물가서 이제는 남성들이 여성들을 두려워해야 하는 시대가 닥쳤다. 남성의 권위 의식이 만든 것이 분명한 로망 ―사랑해주고 살림 잘하고 애 잘 키우

---

2 Hermaphrodite. 그리스 신화에 등장하는 헤르메스와 아프로디테의 합성어. 한 몸에 양성을 동시에 가진 남녀추니를 의미한다.

3 핏줄(재생산)의 필요로부터 해방된 성의 특성.

는 여성, 때로 기쁨조도 되어야 하는 여성- 은 이제 환상에 불과하다. 황혼 이혼이 늘어나고 성추행과 성폭력 가해자로 몰린 남성 고위 공직자들의 구속과 자살이 이를 대변한다.

노먼 메일러(Norman Mailer)가 죽기 전 "머잖은 미래에 세상은 여자들이 지배하게 될 것"이라면서 "여성들에게 필요한 것은 남편이 아니라 100명 정도의 정액 노예일 것"이라고 예측을 한 적이 있었다. 그러자 모린 다우드(Maureen Dowd)가 코웃음 쳤단다. "노예라고? 아니지! 이제 우리에게 필요한 건 냉동 정자야."

시험관 시술로 인간종의 대를 이어갈지도 모르는 미래 사회에 적응하지 못하고 밀려난 남성들은 이제 노예처럼 비굴하게 성을 구걸하든지, 가상의 공간에서 벌어지는 비역과 밴대질을 보며 수음을 하든지, 익명이 보장되는 사우나탕에서 은밀하게 동성 상대를 찾아야 할지도 모른다. 아니면 범법자가 되어 쇠고랑을 찰 수도 있겠지. 이래저래 잘난 꼰대, 마초들만 울화통 터지는 세상이다.

푸른끈적버섯과
소금꽃

　　　　　　　　　　　　푸른끈적버섯은 여름부터 가을
까지 활엽수림에서 볼 수 있다. 생태 환경에 따라 갓의 색깔이 다르다. 청자색에서 청보라색
갓은 반 동그란 상태에서 성장하면 편평하게 변한다. 대는 위아래가 비슷한 원통 모양으로
자색에서 황토색. 거미줄 모양의 턱받이 흔적이 있다. 보라끈적버섯과 같은 속이다.

김주영 소설 『객주』에 매월이가 양물 잘린 송만치에게 초주검이 되도록 얻어맞아 굴신을 못할 지경에도 최가를 유혹해서는 정사를 하는 장면이 나온다. 피떡이 된 상태에서 며칠 동안 앓아누운 상태라 몸 냄새가 말이 아닐진대, 그런 상태의 사람에게 성욕을 느끼는 최가도 그렇거니와, "옴니암니 따질 것 없이 최가의 귀쌈에다 가쁜 숨을 몰아 올리며 눈동자를 하얗게 허공에 달고는 참 없이 희학질 소리를 내지르는" 매월의 모습이라니.

이 장면에서 내가 읽어낸 것은 '성적인 흥분'이 아니라 '살아남고야 말겠다는 발악'이었다. 그런 발악이 통했는지 매월이는 나중에 진령군 자리에까지 오르는데, 이는 소설가가 창조해낸 허상의 인물이 아니라 실제 인물을 모델로 삼았다고 한다.

서울 도매상과 서점들을 돌아다니며 책 납품과 반품 회수를 직업으로 삼았던 때였다. 사실 불편한 몸으로(뇌성 소아마비. 요즘은 뇌병변 장애라고 이름이 바뀌었다) 배본을 한다는 건 힘에 부치는 일이었다. 서적 인수처가 대부분 비좁은 계단을 내려가거나 올라가야 하는 곳이었기에 등짐을 지고 오르내리다보면 땀으로 목욕하기가 일쑤였다.

그 일을 10년 가까이한 것은 '수고한다' '수고하시라' 건네는 따뜻한 말 한마디 때문이었다. 물론 그 속에 숨어 있는 사탕발림 같은 의미를 모르는 건 아니지만, 그런데도 일과를 끝마치고 일몰의 하늘을 바라볼라치면 등짝에 피어난 서늘한 소금꽃이 '나를 부패케는 않는구나' 하는 생각을 하곤 했다.

청머루무당버섯과
눈빛

청머루무당버섯은 여름부터 가을 사이에 활엽수들이 있는 곳에서 나타난다. 처음엔 둥근 산 모양이었다가 편평한 모양으로 되지만 나중엔 가운데가 오목해진다. 갓은 자색에서부터 연한 자색, 녹색, 올리브색 등 색깔에 변화가 많다. 주름살은 백색이고 대도 하얗다. 식용 버섯이면서 항암 작용을 하는 약용 버섯이기도 하다.

'시선 강간'이라는 말이 거리를 휩쓸었던 적이 있었다. 누군가의 시선이(주로 남성) 익명인 누군가의(주로 여성) 전신을 위아래로 훑고 지나갈 때, 당사자가 느껴야 했던 불쾌감을 표현한 말인 듯하다. 그런데 그 말을 인지하는 순간 오싹한 느낌이 들었던 이유는 뭘까? 내가 마치 시선 강간이나 시선 폭력의 중심에 선 것처럼.

　언어는 그 시대의 생각과 욕망을 고스란히 되비치는 의식의 거울이다. 일간베스트의 반사회적 행동과 차별과 혐오 가득한 언어를 미러링하는 메갈리아처럼. 오민석 시인은 『경계에서의 글쓰기』에서 "생각과 사상과 느낌은 그 자체로 존재하는 것이 아니라 언어의 외피를 입을 때 존재 안으로 들어온다"고 언어의 현존성을 말했다. 그런 의미에서 볼 때, '시선 강간'이라는 말의 유행은 지금의 사회가 외골수적인 '이기애(narcissism)'의 시대임을 반증하는 것이다.

　연예인의 SNS 라이브 방송이 논란거리가 되었다. 노브라 차림으로 음주 방송을 한 그는 춤을 추면서 여러 가지 다양한 표정의 눈빛을 즉흥적으로 연기했다. 세인의 관심이 유명세의 척도가 되는 연예인의 노출증과 세인의 관음증이 절묘하게 맞아떨어진 경우라 할 수 있겠는데, 여기서도 시선 강간에 관한 이야기가 나왔다. 누군가가 염려하자 걱정 안 해줘도 된다며 자기는 "시선 강간하는 사람이 더 싫다"라고 했다나.

타인의 시선에서 자기혐오를 느끼는 일도 있다. 혼잡한 이면도로에서 주차장으로 들어가려고 기다리고 있는데 짙게 선팅한 스포츠카 창문이 열리더니 귀밑머리를 바짝 깎은 청년이 "뭘 째려봐? 눈깔을 확 뽑아버릴라" 이러면서 침을 콱 뱉는 거였다. 바라보고 있다는 사실도 의식하지 못하고 있다가 부지불식간에 당한 일이다. 그는 나르키소스와는 반대로 타인의 시선에 되비친 자신의 몰골에 혐오를 느꼈던 것일까?

분명한 사실은 '나'는 타인의 눈빛 −응시− 때문에 존재한다는 것이다.

<눈으로 말해요>라는 노래가 있다. 가사 중에 이런 내용이 나온다.

"사랑은 눈으로 한대요. 진실한 사랑은 눈을 보면 안대요. 그 검은 두 눈은 거짓말을 못해요. 눈으로 말해요. 살짝기 말해요. 남들이 알지 못하도록 눈으로 말해요."

말은 쉽지만 행동은 지극히도 어려운, 눈으로 말하기.
눈빛으로 하는 사랑은 어느 정도 내공이 쌓인 자들의 사랑법이다. 이심전심(以心傳心) 염화시중(拈華示衆)과 동급이므로.

국수버섯과
굴다리의 추억

국수버섯은 여름철에 습기가
많은 잔디밭에서 주로 무리 지어 올라온다. 키는 3~10cm 몸통은 1~2mm 내외로 흰 국수 모
양이다. 식용이긴 하지만 부피가 워낙 작은 데다가 군락지가 흔치 않아 많이 채취할 수가 없
다. 소강상태에 들어간 장마를 피해 숲에 들어갔다가 솟아난 국수버섯을 보는 순간 왜 그
사람이 떠오른 것일까.

그칠 줄 모르는 장맛비로 몸도 마음도 후줄근하다. 물의 위력은 인간의 자만을 헛수고로 만들기에 충분하다. 옥토를 유린하고 지형을 바꿔버리는 물의 힘 앞에서 인간은 얼마나 무력한가. 교만하고 사악한 인간을 모조리 홍수로 쓸어버리려 했던 신들의 선택은 그래서 탁월하고, 무자비한 수마의 혓바닥을 가까스로 피한 인간의 눈빛만큼 절망적이고 애처로운 건 없다. 하지만 목숨이 붙어 있는 이상 어떻게든 살아나간다. 인간의 업이고 굴레다.

1972년 여름으로 기억한다. 그해 큰물이 들어 용산 인근의 드넓은 미8군 골프장이 바다로 변했다. 한강대교 난간 아래까지 차올라 넘실거리는 흙탕물은 가히 공포 그 자체였다. 그때 광장 공포증을 처음 경험했다. 바지선이 위태롭게 걸려 있는 대교 난간 아래로 소, 돼지를 비롯한 동물과 크고 작은 부유물들이 흙탕물과 함께 바다 쪽으로 흘러갔다. 한강이 넘칠 지경이니 시내 곳곳이 침수 피해를 입었다.

졸지에 의식주를 잃은 사람들은 임시로 천막을 치고 구호 식품으로 건네진 밀가루로 수제비나 국수를 끓여 먹으며 며칠 동안 한뎃잠을 잤다. 그중에서도 늦게 물이 빠진 곳이 용산역 굴다리였다. 용산과 원효로를 직통으로 이어주는 굴다리 ─위로 화물 열차와 기차가 굉음을 내지르며 수시로 지나다니는─ 는 유동 인구가 많은 지름길이자 온종일 난장이 섰는데, 그 지름길이자 장터가 물에 잠긴 것이다.

그때, 벌잇길을 모색하던 누군가가 짐수레 위에 나무 널빤지를 올려

놓고는 사람들을 태우고 굴다리 이편과 저편으로 실어 나르는 일을 했다. 똥물 속을 헤치고 나가는 인력거였던 셈이다.

을유문화사에서 나온 『관음과 욕망의 연금술사』라는 헬무트 뉴튼 (Helmut Newton)의 자서전을 보면, 여러 도시의 뒷골목에 있는 매춘부들의 삶과 그녀들에 대한 매혹에 빠져 오랫동안 서성거린 이야기가 나온다. 때론 그녀들을 사진에 담기도 했는데, 여자를 돈 주고 산다는, 여자가 상품이라는 개념이 묘한 매력으로 다가왔기 때문이라고 고백한다.

여성을 상품처럼 살 수 있는 인간 시장이 용산역 광장 맞은편 골목에 있었다. 나도 가끔 환한 대낮에 죽은 듯 잠들어 있는 그 속으로 부끄러움을 무릅쓰고 들어가곤 했다. 누나 같았다가, 동생 같기도 했던 사람이 끓여내던 국수와 라면을 먹기 위해서였다.
검정고시를 준비하던 배고픈 시절이었다. 포장마차에서 라면 하나를 시켜 먹는데 뜻밖에도 김이 모락모락 나는 만두 두 개가 옆에서 건너왔다. 호기심인지 동정인지 외로움 때문이었는지는 모르겠지만 그것이 인연의 시작이었다, 그녀는 홍등가의 여인이었다. 훨씬 후에 그녀를 모델로 이런 시를 썼다.

장미를 참 좋아해요. 어둠 속에서 딸깍, 라이터 윤전기를 누르면 황홀하게

살아 오르는 불의 꽃. 한입 가득 빨아들이면 빨갛게 타들어 가는 장미. 우리 정사 후의 나른한 피로감 속에 아직 남아 있는 흥분처럼 타들어가는 장미의 불꽃을 참 좋아해요. 진부하다고요? 내 얘기가? 후훗… 산다는 것은 또 얼마나 진부한데요. 손님 없는 일요일 저녁이면 헐벗은 채 누워 배반의 장미를[4] 시청해요. 스토리의 연속적 긴장감과 인물들이 뱉어내는 대사의 생동감… 그런데 보면 볼수록 뻔한 이야기라는 생각이 드는 거예요. 사랑 아니면 눈물, 비극 아니면 코미디… 얼마나 뻔한 도식이에요? 알고 보면… 이 짓도 하다보면 이력 나서 힘들이지 않고 당신을 받아들일 수 있지만 사실 얼마나 진부… 진부… 내가 태어난 고향이에요. 그렇게는 살고 싶지 않았죠. 도망쳤어요. 베드로의 닭이[5] 세 번 울기 전, 그날 밤 눈이 맞은 동네 아저씨의 은화 서른 냥이 든 가죽 주머니를 훔쳐 줄행랑을 쳤지요. 꿈이요? 진짜 진부하군요… 초저녁 어둑한 술집에서 홀로 술 마실 때… 흐릿한 유리벽에 내 모습이 되비칠 때… 컵을 던져 거울 속의 나를 박살내고 싶은 것이 내 꿈이죠. 또 오세요. 미스 오예요… 잊지 마세요.

---

4 김수현 작 『배반의 장미』.

5 마태오가 전한 복음서 26장 34절.

젖버섯아재비와
닫힌 철대문

젖버섯아재비는 여름과 가을
사이에 소나무가 자라는 잔디밭에서 쉽게 볼 수 있다. 젖버섯 뒤에 아재비라는 명사가 붙었
는데, 이웃 아저씨처럼 어디서나 흔하게 볼 수 있기 때문이 아닐까 싶다. 연한 갈색의 갓 표
면에 나이테 무늬가 있는데, 상처를 내면 붉은 젖이 나오면서 푸른 녹색으로 변한다. 위 사
진은 장맛비에 두들겨 맞은 버섯의 색이 변한 모습이다. 소금물에 삶고 젖을 완전히 우려낸
후 볶거나 찌개에 사용한다.

바람이 지나가자 시퍼런 보리들이 일시에 몸을 눕혔다가 다시 일어선다. 암울하고 추운 계절을 견뎌낸 연하고 부드러운 것들이 어느새 훌쩍 자라서 밭고랑을 덮었다. 어린 싹들이 눈을 틔워 언 땅 위로 삐죽 싹을 내밀 때, 얼어 죽지 말고 잘 자라서 부디 귀한 우리네 아들딸들의 양식이 되어달라고 부모들은 웃자란 보리 싹을 조심스럽게 밟으며 조상님과 천지신명께 빌었다.

그 시절 보릿고개는 참으로 넘기 힘든 깔딱고개였다. 누렇게 뜬 얼굴들이 나무껍질까지 벗겨내 주린 창자를 채웠던 시절. 똥구멍이 찢어지도록 가난했다는 말은 그 험한 세월을 살아온 사람들의 은유다. 눈앞에 꽃상여가 지나간 날, 떠돌던 소년은 버려진 제삿밥을 허겁지겁 삼켰다.

'보릿고개'는 기억조차 없고, 하루에 버려지는 음식 쓰레기가 1만 톤이 넘는데, 여전히 누군가가 굶주리며 죽어간다. 2011년 유명을 달리한 시나리오 작가 최고은이 그렇고 2014년 송파 세 모녀 사건이 그렇다. 특히 최고은은 "남는 밥이랑 김치가 있으면 저희 집 문 좀 두들겨주세요"라고 메모까지 써 붙여놓았는데도 아무도 그녀의 방문을 두드리지 않았다. 그 죽음은 아사(餓死)가 아니라 무관심과 극단적 개인주의가 가져온 고독사(孤獨死)다.

한때 학생들 사이에 문이 닫힌 집 초인종을 누르고 잽싸게 도망가는 놀이가 유행했었다지만, 어떤 아파트 단지에서는 외부인이 아예 접근하지 못하게 전자성(電磁城)을 쌓고 그들만의 플레이를 즐기기도 한다. 괴상한 바이러스가 출몰해 빈부 격차, 지위 고하를 막론하고 사람들을 괴롭히고 전 지구적 기상 이변이 인류 생존을 위협하는데, 전자성에 갇혀서 혼자서만 키득키득 넋 나간 히키코모리처럼 살믄, 거, 참, 재미는 있겠다.

개암버섯과
은행나무

개암버섯은 늦가을 죽은 나무 밑동에서 무리 지어 피어난다. 갈황색의 반구형 갓이 자라면서 평편해지는데 갓 가장자리에 하얀 내피막의 잔유물이 붙어 있다. 약간 빽빽한 주름살은 하얀색에서 갈색으로, 다시 짙은 갈색으로 변한다. 대는 위보다 아래가 더 짙은 황갈색이다. 식용 버섯인데 독버섯인 노란다발버섯과 혼동하기 쉽다.

햇살 좋은 가을날. 금빛으로 물든 은행나무를 바라보면 마음이 넋을 잃고 만다. 한 줄기 바람이라도 불라치면 찬란하게 흩날리는 금빛 음표들. 돈벼락을 맞지 못해 욕구 불만인 당신도 그 순간만큼은 탄성을 내지를 것이다. 돌아서는 순간 비루한 현실에 진저리를 칠지언정.

빗방울 흩뿌리는 오후 떨어진 은행알들이 냄새를 풍긴다. 지독한 냄새에 당황하고 미간을 찌푸리지만 그건 은행나무에 대한 예의가 아니다. 고작 삼백십팔만 년 전 직립 보행한 것으로 알려진 '루시'의 후손들이 일억 오천만 년 전부터 존재한 지구의 터줏대감에게 딴죽을 걸다니 가당키나 한 일인가.

목숨으로 존재하는 것 가운데 냄새를 가지지 않은 것은 없다. 역설적이게도 생명이 아름답고 숭고한 것은 냄새 때문이다. 해 냄새, 달 냄새, 별 냄새, 꽃 냄새. 안개며 불꽃이며 세상의 모든 음악의 냄새들. 비와 강물과 바다의 냄새들. 애인의 머릿결 냄새와 수고하여 흘리는 땀 냄새들. 하물며 어미의 자궁을 찢고 나오는 어린 목숨의 냄새는 말해 무엇하랴. 물론 악취도 존재한다. 배설물이 그렇고, 쓰레기와 양심이 썩는 냄새는 역겹다 못해 혐오스럽다. 그래서 발전한 것이 문화고 문명이지만, 화장술이나 포장술이 아무리 감쪽같아도 항문이 입이 될 수는 없는 노릇이다.

단백질과 전분, 비타민 A와 C가 많은 은행알은 술안주로든 간식으로든 부족하지 않다. 그러니 순간의 구린내 때문에 눈살 찌푸리지 말기를. 인간이 만든 최고의 위험 물질, 무색무취의 방사능 세슘 137보다는 몇 십만 배 안전한 은행나무 향기에게 경배를.

회흑색광대버섯과
한 잔의 유혹

회흑색광대버섯은 여름부터 가을에
걸쳐 혼합림에서 나타난다. 암회색 갓은 둥근 공 모양에서 성장할수록 평편해지다가 가장
자리가 위로 솟구치는 오목형이 된다. 주름살은 흰색으로 촘촘하다. 자루는 갓보다 연한 암
회색으로 작은 인편이 붙어 있다. 대 위에는 회색의 턱받이가 있다. 땅속 하얀 알주머니를 뚫
고 대가 솟아나 갓을 펼친다. 구토와 설사에 이어 황달과 위장 출혈을 일으키는 맹독 버섯
이다.

"한두 번 경험한 것도 아닌데 국경을 눈앞에 두면 늘 가슴이 뛴다. 미지로 향하는 관문이어서만은 아니리라."

내가 디디라 부르는 여행 순례자 김인자 시인은 「사과나무가 있는 국경」이라는 짧은 글의 처음을 이렇게 시작하고, 또 "지상 어딘가에 사과나무가 있는 매우 멋진 국경이 있노라고. 그곳에 가면 당신은 그리운 이에게 사과나무가 있어 등지고 싶은 세상을 다시 사랑하게 되었노라는 편지를 쓰게 될 거"라면서 글을 끝맺는다.

고대 이집트인들은 나일강 삼각주를 따라 사과나무를 심었다. 사과주를 만드는 것이 주요 목적이었다. 그곳에 심어진 사과나무는 국경 역할도 했다. 낯선 세계로 들어가기 위해서는 통과의례를 치러야 한다. 아담과 하와가 사과나무 열매를 따 먹고서야 벌거벗었다는 것을 깨달았듯이.

찰스 부코스키(Charles Bukowski)가 그랬다. "삶을 견딜 만한 것으로 만들기 위해서는 조롱과 우수의 시선으로 바라보아야 하는 거"라고. 그러기 위해서는 술을 마실 수밖에 없다. 술은 이성을 마비시키고 감당할 수 없는 현실적인 문제를 먼지처럼 가벼운 것으로 둔갑시킨다. 깨고 나면 숙취와 후회 때문에 치도곤을 당할지언정.

"무엇을 입을까 무엇을 마실까 염려하지 말고 먼저 그의 나라와 그의 의를 구하라"던 예수의 공식적인 첫 행사는 물로 포도주를 만드는 것이었다. 그러고는 십자가에 못 박혀 신 포도주로 입술을 적시는 행위로 마지막을 장식했다. 신의 아들도 그랬거늘 하물며 사람이랴.

접시껄껄이그물버섯과
등에

접시껄껄이그물버섯은 여름부터 가을 사이 혼합림에서 나타난다. 둥근 갓은 황토색 벨벳 같은데 성장하면서 껍질이 불규칙하게 갈라져 연노랑 속살이 드러난다. 관공은 노란색이나 점차 연녹색으로 변한다. 상처를 입으면 푸르스름한 녹색으로 변한다. 대는 노랗거나 노란 갈색인데 작은 거스러미가 붙어 있다. 형체가 제법 큰 식용 버섯이긴 하지만 날로 먹으면 위장 장애를 일으킨다.

돼지 발정제라는 약 때문에 세상이 시끄러운 적이 있었다. 한 정치인이 '친구가 좋아하는 여학생을 자기 여자로 만들고 싶다'고 해서 그 약을 구해주었다는 이야기를 자서전에 썼는데 후보 검증 과정에서 그게 논란을 일으킨 것이다.

돼지 발정제는 사람이 사용할 수 있는 최음제가 아니다. 동물들을 최단 시간에 많이 생산해내기 위해 동물 공장에서 사용하는 호르몬제다. 생명 윤리 측면에서 보자면 아주 파렴치하고 잔인한 약인데 탐욕스러운 인간들이 돈벌이 수단으로 말 못 하는 짐승들에게 사용한다. 그것도 스톨에 가둬두고 옴짝달싹 못 하게 만든 다음에.

우리나라에 서식하는 등에는 물가에 자라는 식물이나 습기가 있는 돌 위에 산란하는데, 어떤 종들은 소 등에 달라붙어 피를 빨거나 알을 낳는 것으로 알려졌다. 알이 살가죽 아래서 유충으로 자라 꿈틀거리기 시작하면 소는 가려워서 미칠 지경이 된다. '발정(estrus)'이라는 단어는 바로 소를 무지막지한 가려움으로 괴롭히는 등에 때문에 만들어졌다. 발정은 그러니까 차라리 죽고 싶을 정도로 지독한 '홀로 겪어야 하는' 가려움이다.

---

6 스톨(stall): 양돈장에서 식용 돼지 새끼를 낳을 어미 돼지를 가둬두는 케이지. 폭 70cm, 높이 120cm, 길이 190cm의 케이지 속에 갇힌 돼지는 일 년에 두 번이나 두 번 반 정도의 출산을 하는데, 먹이는 값에 대해 생산성이 떨어지는 순간 폐기 처분된다. 그 기간이 3년 정도다.

사드(Marquis de Sade)는 그 극단적 소외의 가려움증 때문에 감옥에서 『소돔과 120일』을 썼고, 사디즘의 창시자가 되었다. 골프 황제 타이거 우즈의 섹스 중독도 홀로 선 '정상의 가려움(두려움)'을 해소하려는 방편은 아니었을까.

　그나저나 제우스의 바람기를 질투한 헤라 때문에 소가 되어 등에에 시달리게 된 이오는 무지막지한 가려움을 어떻게 견뎌냈을까.

잿빛만가닥버섯과
갈대
— 화가 김춘배

               잿빛만가닥버섯은 이른 봄이나 늦은 가을에 혼합림의 땅에서 나타난다. 광택이 나는 회색 또는 회흑색의 갓은 둥글었다가 성장하면서 점차 평편해진다. 중앙이 두껍고 가장자리가 얇은데 묵처럼 탄력성이 있다. 주름살은 연한 황색에서 연주황색이다. 대는 아래쪽이 불룩한데 가끔 구부정해지기도 한다. 향기는 별로 없지만 씹는 맛이 좋은 식용 버섯이다.

갈대는 가랑잎, 또는 갈잎을 매단 대(竹)를 의미하는 말이다. 소월의 시에 나오는 '갈잎'이나, 노래 <먼 훗날>에 나오는 '가랑잎'은 같은 이름이지만 다른 식물의 잎을 지칭한다. 하지만 둘은 동류다. 가을이 가고 겨울이 왔음에도 불구하고 혹독한 바람을 거스르며 악착같이 매달려 있는 갈대 또는 가랑잎들.

갈대는 수질 정화 식물이다. 햇볕을 차단해 조류 성장을 방해하고 물속 산소량을 높여 유기물을 분해한다. 그렇게 해서 생긴 오염 물질을 고스란히 제 몸에 축적한다.

살아서, 살아 있기 때문에, 살아가기 위하여 갈대를 응시하고 그림을 그리는 사람. 가을바람에 흩날리고 겨울바람에 몸을 부대끼며 서걱거리는 갈대는 그러니 그의 '써로게이트(surrogate)'다. 억세지만 부드러운 몸짓과 조용하지만 묵직한 신음을 삼키며 그는 핏빛 노을을 다독이고 회색빛 어둠을 잠재운다. 신이 상한 갈대를 꺾지 않는 이유는 자비와 긍휼 때문이 아니다. 갈대가 품고 있는 슬픔이 세상 안으로 되쏟아져 일어날 범람이 도무지 대책 없기 때문이다.

노란분말그물버섯과
겨우살이

노란분말그물버섯은 여름부터 가을에 혼합림에서 나타난다. 어릴 때는 갓 아랫부분이 노란 막으로 덮여 있다. 자라면서 막이 찢어지고 노란 관공이 드러난다. 관공은 상처가 나면 푸른색으로 변한다. 갓은 노란 비늘 가루로 덮여 있고 대도 마찬가지다. 고구마 맛이 나는 식용 버섯인데 관절염이나 신경통에 효과도 있는 약용 버섯이기도 하다.

곤충을 먹이로 하는 새들도 있겠지만 열매를 먹이로 하는 새들도 있다. 가을에 식물의 열매들이 고운 색으로 익어가는 것은 치밀하게 계산된 생존 전략이다. 먹혀야 사는 식물들은 도발적인 색상으로 새들을 유혹한다. 그들은 새들의 먹이가 되어야만 생존의 영역을 확장할 수 있다. 새는 열매를 삼키지만, 씨는 소화시키지 못한다. 씨는 당연히 배설물과 함께 땅으로 떨어진다.

어떤 열매는 아교처럼 끈적거리는 살을 갖고 있다. 소화 기관이 짧은 새들에게 이 상황은 치명적이다. 맛도 좋고 보기도 좋아 한입에 삼켰는데, 끈적거리는 특성 때문에 소화가 쉽지 않다. 당연히 똥구멍이 막힌다. 똥구멍이 막힌 새는 우듬지에 앉아 자신의 똥구멍을 후벼 판다. 우여곡절 끝에 막힌 똥구멍이 뚫리면서 배설물이 빠져나오고, 새는 홀가분하게 날아간다.

새의 배설물과 함께 빠져나온 씨앗이 우듬지 나뭇가지를 숙주 삼아 싹을 틔우고 자라는데 다름 아닌 겨우살이다. 겨우살이는 그런 방법으로 나무에서 다른 나무로 존재의 영역을 넓혀간다.

세발버섯과
손

        세발버섯은 봄부터 가을 사이에 부식토 위에서 볼 수 있다. 알을 뚫고 하나의 대가 솟아올라 자라면서 셋 또는 네 가닥으로 갈라지는데 끝은 붙어 있다. 대 안쪽의 검은 점액질에서 악취가 난다.

언어 이전에 손이 있었다. 만물의 시원은 손에서 시작되었다. 미켈란젤로의 <천지 창조>를 보면 태초의 사람 아담은 신의 손끝에서 탄생한다. 한 개의 세포가 세포 분열을 일으키듯이 신의 손끝이 아담의 손끝에 닿았고, 그래서 신과 아담은 한통속이다. 이전엔 신과 아담은 별개의 존재였을지도 모른다. 돌이킬 수 없는 사정으로 인해 둘의 손이 닿는 순간 창조자와 피조물의 관계로 고착되었을 수도 있다.

외과 의사이자 뇌 과학자인 와일더 펜필드(Wilder Penfield)가 제작한 뇌지도(Homunculus)를 보면, 손을 담당하는 대뇌피질 영역이 다른 장기에 비해 월등히 크고 넓다. 인류학자들은 원시 호미니드(Hominid)가 현생 인류로 진화할 수 있었던 이유는 손으로 무엇인가를 만들 수 있었기 때문이라고 주장한다(poiesis). 인류 문화가 발달한 이유도 다름 아닌 손 때문이었다[문화(culture)는 라틴어 '재배하다, 경작하다'라는 뜻의 colore에서 비롯되었다]. 시나 음악도 결국은 자유자재로 움직이는 손에서 비롯된 것인 바(poiesis → poem), 그런 일련의 행위가 인간의 손에 의해 이루어지지 않았으면 세상은 지금과는 딴판일 것이다.

이시구로 노보루(石黒昇) 감독의 <요괴인간>. 분자 공유결합에 성공한 세포가 분열되어 사람도 괴물도 아닌 흉측한 세 개의 손가락을 가진 요괴로 태어난 그들은 인간의 편에 서서 인간을 괴롭히는 사악한 존재들과 싸움을 벌인다. 오직 인간이 되고 싶다는 욕망 때문에. 결과는 비극적이다. 다섯 개의 손가락을 가진 인간들이 손가락이 세 개뿐인 그들(요괴)을 잔인하게 불태워 죽인다.

　인간만이 손을 자유자재로 쓴다. 만들고 때려 부수고 파괴한다. 부드럽게 어루만지고 말랑말랑하게 지분거리고 차갑게 내친다. 기도하고 보살피고 저주한다. 비 오는 날, 고기를 굽다가 스커트 속으로 불쑥 들어오기도 한다.

푸른주름무당버섯과
카바이드

　　　　　　　　　　　　　　푸른주름무당버섯은 여름부터 가을 사이에 혼합림에 나타난다. 흰색의 갓은 가운데가 오목하고 가장자리가 둥글게 말려 있다가 평편하게 펴져서 깔때기 모양이 된다. 성장하면서 연갈색의 얼룩이 생긴다. 주름살은 빽빽한데 노화되면서 갈색으로 변한다. 자세히 보면 주름살과 주름살 사이에 푸른 줄무늬가 보인다. 대는 흰색인데 노화하면서 갈색 반점이 생긴다. 종양을 억제하고 면역력을 높이는 약용버섯이다. 식용도 하지만 별다른 맛이 없다. 흰무당버섯으로 부르기도 한다.

오래전 인사동 피맛골 골목 끝에 전봇대집이라는 주점이 있었다. 술집 중간에 커다란 전봇대가 서 있는 지극히도 허름한 집이었는데 주전자 막걸리와 고갈비가 메뉴의 전부였다. 고등어를 양쪽으로 갈라 양념을 하고 연탄불에 갈비처럼 구웠다고 해서 고갈비. 문제는 막걸리였다. 양조장에서 숙성하지도 않은 것을 받아와서는 카바이드를 넣어 강제로 익힌 것이었는데 과음했다 싶으면 지독한 숙취와 두통에 시달렸다.

카바이드를 넣어 숙성시킨 과일도 있었는데 감이다. 익지 않은 땡감을 짚이 깔린 상자에 넣고 카바이드를 넣어놓으면 사나흘 사이에 익어 물컹거리는 연시가 된다.

상자 속에 카바이드를 집어넣지요. 막무가내 저항하는 감의 떫은맛 삭이기 위해

당신은 모르고 계시는 것이 기분상 좋을 것 같았는데

감은 비타민 C의 보고. 自然柿. 자연적으로 익은 감. 카바이드를 넣어 자·연·적·으로 익힌 감. 복잡한 것은 생략하시고

이것이 속성 숙성법입니다.

누군가 그대 골통의 틈을 헤집고

카바이드 같은
카바이드의

음흉하고 아름다운

　카바이드는 전기가 흔하지 않던 시절 조명으로 쓰기도 했다. 카바이드를 용기에 넣고 물을 부으면 화학 반응으로 인화성 가스가 발생하는데 거기에 불을 붙여 어둠을 밝히는 것이다. <밤의 테라스>라는 고흐의 그림 속 환한 빛도 칸데라(카바이드) 불빛이었으리라 짐작된다. 박경리는 『토지』에서 일제 강점기 카바레 칸데라 흔들리는 불빛 사이에서 춤추는 남녀의 모습을 묘사하기도 했다.

붉은말뚝버섯과
종교

　　　　　　　　　　　　　　　　　　붉은말뚝버섯은 여름부터 가을
에 걸쳐 부식토의 숲이나 정원에서 나타난다. 갓은 진한 오렌지색인데 검정 갈색의 점액질
로 덮여 있다. 점액질에서는 불쾌한 냄새가 난다. 대는 연한 오렌지색으로 그물 같은 무늬가
있다. 밑으로 내려갈수록 색이 연해진다. 대 밑동의 자루주머니는 흰색이다. 대는 비어 있다.
식용은 아니지만, 통증과 염증을 가라앉히는 약용 버섯으로 옴과 종기에 효과가 있다. 비슷
한 것으로 뱀버섯이 있다. 둘 다 말뚝버섯과다.

에곤 실레의 <여자 누드>를 본다. 붉은 머리카락의 소녀가 음모를 드러낸 채 비스듬히 누워 나를 바라보고 있다. 비틀렸지만 크고 섬세한 손가락으로 젖가슴을 자극하면서 도발적인 시선을 던진다.

<여자 누드>는 1910년에 그려졌으니 실레가 20세 때다. 21세 때부터는 자위하는 자화상에 천착하는데, 표현이 도무지 거리끼는 것이 없을 지경으로 노골적이다. 두 손을 열심히 놀리면서도 시선은 누군가를 의식하고 있는 것처럼 정면을 노려보고 있다. 쾌락이나 희열에 몰입하는 무아의 표정은 더욱 아닌데, 이유가 뭘까? 인간의 위선과 허위를 노골적으로 까발리려는 의도였을까?

역사적으로 성이 최고조로 문란했던 시대는 서양의 중세 암흑기였다. 아이는 낳아야 했지만, 농노들에게 부양가족이 많아지면 곤란했다. 지배 계급은 피지배자들에게 '여성 혐오증' 내지 '여성 공포증'을 주입해 인간의 본능을 죄악시하는 방법으로 문제를 해결했다. 그런 한편 영주는 '초야권'을 행사하고, 성직자는 수도원을 매춘업소로 바꾸어 재화를 갈취하면서 질펀한 쾌락의 늪에 빠졌다. 극단적인 예가 면죄부라는 부적을 만들어 판 '교황 레오 10세'다. 그는 남녀노소 불문의 섹스 행각 끝에 코가 떨어져나간 채로 죽었다. 매독 때문이었다.

종교가 사람살이의 나침판이 되던 시대는 끝났다. 그런데도 사람들은 여전히 신을 믿고 자비와 복을 빈다. "신은 존재하는가? 신은 무소부

재하고 무소불위한 존재다. 따라서 신이 존재한다면 정의된 바대로 신은 어디에나 있고, 무엇이든 할 수 있다. 그러나 신이 무엇이든 할 수 있다면, 신은 자기가 존재하지 않고, 아무것도 할 수 없는 어떤 세계를 창조할 수도 있지 않을까?[7]"

새들은 달빛과 별빛에 의지해 방향을 잡아 목적지에 도달한다. 불나방이 불을 향해 달려드는 것은 불빛을 나침판 삼아 날아가는 본능 때문이다. 잘못된 좌표에 대한 맹신 때문에 결국 불에 타죽고 말지만, 종교가 세상을 위로하는 것이 아니라 세상이 패륜으로 치닫는 종교를 염려하는 시절이다.

7   베르나르 베르베르, 『상상력 사전』.

3부

도색영화의
주인공처럼

달걀버섯과
amour passion

달걀버섯은 여름부터 가을
사이에 혼합림의 땅 위에 나타난다. 갓은 빨갛거나 빨간 노란색이고 중심부에 갓 꼭지가 있
다. 갓 가장자리에는 우산살 모양의 주름이 촘촘하게 나 있다. 주름살은 연노랑색이다. 대에
는 붉은 노란색의 비늘이 붙어있는데 쉽게 떨어져 너덜거린다. 대 아래는 흰 달걀 모양의 알
주머니가 있다. 항종양 항곰팡이 성분을 포함하고 있는 식용 버섯이다. 네로 황제가 버섯의
무게만큼 황금을 주고 구해 먹었다고 한다.

태양처럼 뜨거운 사랑은 결국 파멸에 이르는 걸까? 예고르 바라노프(Egor Baranov) 감독의 <네 이웃의 아내를 탐하지 마라>는 도덕적으로 허용되지 않는 사랑의 치명적인 결과를 보여주는 영화다. 순수했던 사랑이 시간이 지날수록 서로를 향한 집착으로 변해서는, 아내와 남편을 살해하는 그들의 완전 범죄는 그러나 뜻밖의 돌발 변수 때문에 어그러진다. 지능이 모자란다고 여겨졌던 자폐증 소년이 당기는 방아쇠에 의해서. 바라노프 감독이 '결국 선이 이긴다'는 도덕적 낙관주의자라서 그들의 사랑을 단죄한 것은 아닐 것이다.

　열정적 사랑은 물불 가리지 않는다. 그 사랑의 감정은 워낙 진지하고 급박하고 또 강렬해서 일반적인 사랑의 범주 -흔히 로맨스라 부르는- 를 훌쩍 뛰어넘는다. 그것은 대단히 강력한 사랑 -엄밀히 말해서 통정의- 의 순교자나, 냉혹한 사냥꾼을 만들어낸다. 공인되지 않은 신앙을 증거하다 돌에 맞아 죽은 세바스티아누스(Saint Sébastien)처럼 또는 극단적인 방법으로 사랑의 트로피를 쟁취한 아베 사다(阿部定)처럼. 그래서 더욱 섬뜩한 매혹으로 다가오는지는 모르지만.

　어쨌든 열정적 -격정적이라는 표현이 더 정확할 듯- 사랑은 사회적 질서와 의무의 관점에서 볼 때 상당히 위험하고 치명적이다. 결혼이 불을 이용해 요리와 난방을 하는 행위라면, 열정적 사랑은 느닷없이 일어나는 화마 같은 것이어서 순식간에 주변을 집어삼키고 치유 불가능한 후유증을 남긴다.

<네 이웃의 아내를 탐하지 마라>에서 유별나게 기억에 남는 것은, 거실 곳곳에 마크 로스코의 작품이 걸려 있다는 것이다. 몇 해 전 예술의 전당에서 그의 작품을 오랫동안 들여다볼 기회가 있었다. 최근에 이런 시 하나를 써서 모 문예지에 넘겼다. 로스코가 자살하기 직전에 완성한 <무제>라는 작품이 모티브가 되었다.

untitled

무제가 걸려 있는 방에서
허벅지를 핥는다.
굶주린 혀가 부풀어 오른 젖꼭지를 탐닉한다.
궁륭 깊숙한 곳에 숨겨졌던 젖과 꿀이
벌어진 입술 사이 붉은 신음으로 흘러나온다.
나는 침을 삼키며 비옥한 골짜기
범접할 수 없는 관능에 몰두한다.
bam, bham, mam, yam, ram, lam 분홍 연꽃
임계점을 넘어서 끓어오르는 실로암 위로 피려는 찰나
누군가 훔쳐보고 있어!

섬뜩하게도 어떤 자각이 뒤통수를 친다. 나는 돌아본다.
커튼 사이 바람으로 흔들리다 사라지는
저것의 정체는 또 다른 절시(竊視)였을까.
공에 이르기도 전에 색으로 돌아온 나는
허탈하고 창백한 표정으로 다시 화면 속 그녀를 응시한다.
어느새 외출 차림의 그녀는 루즈를 바르며
거울 속 자신의 얼굴에 골똘해 있다 나는
지독히도 소외된 한 사내의 해탈에 이르는 과정을
보여주고 싶었지만 실패했다.
담뱃불을 긋는데 멜랑꼴리하게도 손이 떨린다.
화면 밖 서녘 하늘이 맹랑하게 웃고 있다.

녹변나팔버섯과
초록 희망

녹변나팔버섯은 여름부터 가을 사이에 주로 전나무가 자라는 침엽수림에서 발생한다. 뿔피리 모양의 갓이 나중에는 펴져서 깔때기 모양이 되는데 중심이 뿌리까지 뚫려 있다. 색깔은 점토색에서 담황갈색으로 갓 끝이 파도형으로 물결친다. 설사와 복통을 일으키는 독버섯이다.

초록이 희망의 색일까? 희망을 버리지 않고 고통을 인내한 이들에겐 그럴 수도 있겠다. 지독한 멀미와 토악질 속에 150일을 방주 속에 갇혔던 노아, 비가 그치고서도 47일을 더 기다린 후에 비둘기가 물고 온 초록빛 감람나무 잎새를 보았을 때, 이제 살았구나 싶었겠다.

동토에서 움트는 초록 잎은 생명의 정수다. 그런데 T. S 엘리엇은 연초록 라일락 잎이 돋는 4월을 가장 잔인한 달이라고 했다. 삶의 터전을 규정짓는 기후와 문화의 차이 때문일까? 황량하고 척박하고 냉혹한 모래사막의 유목민들에게 시원한 물이 흐르고 그늘이 무성한 초록 오아시스는 천국일 터. 그러나 초록이 과하게 흘러넘치는 곳에서는 가치 전도가 일어난다. 그곳에서 초록은 권태이다. 누군가는 악이라고 단언하기도 한다.

카스파르 프리드리히(Caspar David Friedrich)의 <창가의 여인>; 초록 드레스를 입은 여인이 밖을 내다본다. 창밖은 환한데 실내는 비좁고 어둡다. 그녀가 기뻐하는지 슬퍼하는지 아니면 권태로운지 또는 골똘히 어떤 생각에 잠겨 있는지 도통 알 수가 없다. 그녀의 표정을 볼 수 없기 때문이다. 문제는 초록 드레스다. 빛의 굴절이 일으키는 명암 때문이라고는 볼 수 없을 정도로 색깔이 수상한데 이유는 품질 나쁜 녹색 물감 때문이다. 화가가 저 그림을 그렸을 당시 녹색 안료를 얻는 방법은 구리를 양잿물이나 산에 담갔다가 말리면 생기는 녹을 긁어모아 접착제를 섞은 것이었다. 그러나 품질이 일정치가 않았다. 때로는 안료에 포함된 양잿물이 캔버스를 상하게도 했다.

제대로 된 초록 안료가 나온 건 셸레(Carl Wilhelm Scheele)가 비소와 구리를 가지고 실험을 하다가 비산 구리라는 녹색 염료를 발견한 이후다. 그 염료가 '셸레 그린'이다. 셸레 그린은 모든 곳에서 사랑받았고 음식의 색소로도 사용되었다. 그러나 치명적인 결함을 안고 있었다. 함유된 비소 때문이었다. 셸레 그린에 혹했던 많은 사람들이 비소 중독으로 죽어갔다. 나폴레옹까지. 그는 독살이 아니라 셸레 그린이 칠해진 독방에서 뿜어져 나오는 비소 중독으로 사망했다.

다시 초록색 옷을 입은 여인을 본다. 그림 속에 갇힌 그녀는 무슨 생각을 하고 있을까? 창밖의 신록을 예찬하고 있을까 아니면 내면 깊은 곳에서 차올라오는 절망을 응시하고 있을까?

독우산광대버섯과
빛

　　　　　　　　　　　독우산광대버섯은 여름부터 가을에
걸쳐 활엽수림이나 혼합림에서 하나씩 또는 두서너 개씩 나타난다. 알처럼 생긴 껍질을 뚫
고 대가 솟아서 갓을 편다. 대에는 비늘 가루가 묻어 있다. 비늘 가루가 떨어지면서 뱀 무늬
를 만든다. 주름살 아래 턱받이가 있다. 아마니타톡신, 아마톡신, 팔로이딘 등의 맹독을 가
진 치명적인 버섯이다.

저 냉담한 결벽은 어디서 비롯되었을까. 시작이면서 죽음이었다가, 부활의 상징이기도 한. 신이 세상을 창조할 때 제일 먼저 한 명령이 암흑을 깨부수는 것이었다. "빛이여 나타나라!"

빛이 프리즘을 통과하면 무지갯빛 가시광선이 나타난다. 빨간색 바깥에 빨강보다 파장이 긴 적외선이나 보라색 너머 보라색보다 파장이 짧은 자외선도 존재하지만, 사람의 눈은 그것을 인지하지 못한다.

그 모든 색의 총화가 밝고 투명한 하얀빛이다. 그 빛은 죽음과 부활을 동시에 상징한다. 나는 시 「카타콤」에서 재생의 삶을 "담장 너머로 느리게 목련꽃 피는"이라고 흰빛을 묘사했다. 진은영은 "크고 검은 장화 속에서 흰 발이 걸어 나"오는 것이라고 「한밤중에」에서 흰빛을 노래한다. 나의 식물성 이미지와 그녀의 동물성 이미지는 같은 뜻의 다른 표현인가.

'하얀'은 성스럽다. 하얀 소나 백조, 하얀 비둘기, 흰 양, 하얀 황새, 흰 따오기, 전설의 동물인 일각수까지 신의 현현이다. 교황이 흰색 옷을 입는 것도 신을 대리하기 때문이다.

결혼식에서 하얀 면사포를 착용한 최초의 여성은 빅토리아 여왕이다(이전의 신부들은, 그리고 빅토리아 여왕 이후로도 오랫동안 가지고 있던 옷 중에서 색깔에 상관없이 깨끗한 옷을 골라 신부복으로 입었다). 그 광경은 엄청난 경악과 흥분을 가져왔다.

어떤 이들은 면사포를 쓰고 식장에 나타난 그녀가 예수 그리스도의 신부임을 증명한다고까지 했지만 내막은 이렇다. 당시 영국은 외적으로는 치열한 무역 경쟁을 벌이고 있었고, 내적으로는 직물 기계의 등장으로 일자리를 잃은 과격한 러다이트주의자들 때문에 산업혁명이 좌초될 지경으로 골머리를 앓고 있었다. 여왕은 기계 파괴자들을 응징함과 동시에 자국의 직물 산업을 독려하기 위해 면사포를 썼던 것이다. 하얀 면사포가 믿음이나 순결의 의미를 덧입게 된 것은 한참 후의 일이다.

프랑스혁명 직후 새로 등장한 시민 계급을 중심으로 하얀 옷이 유행하기 시작했다. 자연으로 돌아가자는 모토 아래 여성들은 무엇에도 구속당하지 않는 그리스 여신처럼 자연스럽게 알몸이 드러나는 하얀 모슬린이나 투명한 소재의 원피스를 즐겨 입었다. 프랑수아 제라르가 완성한 <레카미에 부인>의 초상화처럼. 그런 옷을 입을 수 있는 사람은 당연히 명예와 부를 가지고 있어야 했다. 그렇다면 일상생활은 누가? 당연히 몸종이 하지.

레카미에 부인의 하얀 드레스를 표현하기 위해 제라르가 사용한 흰 물감은 연백(鉛白)으로 만들어졌다. 둘로 나눠진 토기 한쪽에 납덩어리를 넣고 반대쪽에 식초를 넣어서는 말똥 속에 파묻어두면 말똥의 온기 때문에 식초가 증발하면서 생긴 기체가 납과 반응해 아세트산납이 만들어진다. 여기에 말똥이 발효되면서 생긴 이산화탄소가 아세트산 납과 결합해 하얀 탄산납 가루가 되는데 이것이 연백이다.

산업 발전과 더불어 연백의 수요가 기하급수적으로 늘어나자 공장에서 대량 생산되었는데 치명적인 결함이 있었다. 납중독. 연백 공장에서 일하던, 몸조차 팔 수 없는 여자들이 납중독으로 고통스럽고 끔찍하게 죽어갔다. 예수 탄생 직후 무차별 살해당한 유대 아이들처럼. 야만과 공포 없이는 신성은 발현되지 않는 것일까.

비극이 멈춘 것은 1930년 무렵 타이타늄백(titanweiss)이 나온 이후였다. 다행스럽게도 이 물질은 독성이 없어서 오늘날 물감이나 화장품 재료로 두루 쓰인다.

긴대말불버섯과
노래

          긴대말불버섯은 말불버섯의 한
종이다. 여름부터 가을까지 숲속의 땅 위에서 볼 수 있다. 말불버섯보다 대가 상대적으로 길
어서 그런 이름이 붙었는데, 우리나라에서는 아직 알려진 버섯이 아닌 듯. 일본이나 서양의
버섯 도감을 참조하여 긴대말불버섯이라는 이름으로 부른다.

<남몰래 흐르는 눈물>을 듣는다. 유쾌 발랄한 명랑 오페라에 저토록 슬픈 사랑 노래가 어떻게 삽입될 수 있었을까? 남몰래 흐르는 눈물로 인해 '사랑의 묘약'은 더 많은 사랑을 받았다. 루치아노 파바로티가 부르는 노래를 듣기 위해 사람들이 몰려들었다는 소문도 있다.

기원전에도 그런 노래를 부르는 가인이 있었다. 그가 부르는 노래는 도무지 대책이 없어서 새들도 날다가 내려앉고 날카로운 이빨로 먹이의 숨통을 물어뜯던 맹수도 하던 짓을 멈추고 귀 기울이고, 물고기들까지 물속에서 뛰어오르며 듣기를 애쓸 정도였다. 그는 오르페우스였다.

세상 모든 유정과 무정의 마음을 사로잡았던 노래. 바람의 질곡, 고통의 빛, 죽음의 자유, 어둠의 광채, 짧은 생을 헝클어뜨리지만, 가슴 설레는 사랑, 찬란한 연애의 덧없음에 관한 내용이었을까? 어쨌든 그의 노래는 세상의 모든 비밀을 드러내고 다시 감추고 아우르는 신묘한 진언(眞言)이었음이 분명하다. 그러나 운명의 셈법은 찰나를 사는 인간으로는 도무지 감당할 수 없는 경우가 많다. 일단 성공한 이에겐 그 몇 배에 해당하는 기쁨을 선물로 안기는데 오르페우스에게 주어진 것은 신부 에우뤼디케였다.

희극보다 비극이, 믿음보다 배신이, 노래보다 절규가, 풍요보다 궁핍이, 결국 한 줌 티끌로 돌아가는 인간의 몫이어서 꿈같은 시간이 채 여물기도 전, 에우뤼디케는 음탕한 난봉꾼의 수작에 놀라 도망가다가 독사에 물려 황천으로 직행했다.

뜻하지 않은 비극에 오르페우스는 절규했다. 무모하지만 비극적 운명에 저항하는 것 또한 인간이 할 수 있는 일이 아닌가. 그는 위험을 무릅쓴 불청객의 신분으로 저승을 방문한다. 그리하여 하데스와 페르세포네 앞에서 사랑을 잃은 비통한 마음을 노래로 전했다. 오르페우스의 노래가 끝났을 때, 명계의 왕 하데스의 마음은 봄눈처럼 녹아내렸다. 페르세포네도 마찬가지여서 그녀의 눈에선 눈물이 쉬지 않고 샘솟았다. 그의 노래는 삼천대천세계의 유·무정뿐만 아니라 암흑의 지배자들까지도 사로잡은 것이었다. 결국 하데스는 한 가지 단서를 달아서 에우뤼디케를 지상으로 돌려보낸다.

"내 영토를 벗어날 때까지 절대 뒤돌아보지 말라."

의혹이, 불안이 영혼을 잠식한다는 말이 있듯이 믿을 수 있고, 믿어야 함에도 불구하고, 독사의 대가리처럼 고개를 쳐드는 한 점 의혹. 이승의 빛이 코앞인데, 한 발짝만 내디디면 이승으로 들어서는데, 사랑하는 사람이 잘 따라오고 있는 걸까? 불안했던 그가 고개를 돌리는 순간, 에우뤼디케는 바람에 까부르는 쭉정이처럼 휘청거리며 뒷걸음치기 시작했다. 기겁한 오르페우스가 황급히 손을 내밀었고, 에우뤼디케도 놀라 손을 뻗었지만 엄청난 회오리가 두 사람의 손을 방해했다. 원망과 절규에 찬 눈빛을 던지며 에우뤼디케는 저승의 어둠 속으로 다시 빨려 들어갔다.

'뒤돌아보면 안 된다'는 규칙을 어긴 탓에 오르페우스가 잃어버린 것은 에우뤼디케뿐이 아니다. 그는 자신의 노래와 정체성까지 잃어버렸고 그로 인해 갈가리 찢겨 죽었다.

오르페우스가 비극적 최후를 마친 후, 그가 부른 노래의 힘을 믿는 사람들이 모여 오르페우스를 기렸다. 그가 부른 노래의 힘과 효력은 간결한 시로, 간절한 기도로, 신비한 주문으로 변환되어 여전히 세상에 통용되고 있다.

족제비눈물버섯과
몰약

족제비눈물버섯은 여름부터 가을 사이에 넓은잎나무의 그루터기 근처에서 나타난다. 갓은 연노랑에서 연노랑 갈색인데 하얀 비늘 가루가 붙어 있고, 가장자리는 외피막 조각이 붙어 있다. 주름살은 흰색에서 회색인데 성장하면서 갈색으로 변한다. 대는 흰색, 갓과 마찬가지로 비늘 가루가 붙어 있다. 한때 식용했으나 위장 장애와 환각 작용을 일으키는 독성분이 있는 것으로 밝혀졌다.

질투는 신이 했고 고통은 인간의 몫이다. 자만에 가득 찬 남자는 신의 면전에서 이죽거린다. "아름답군요. 숭배받아 마땅해요. 하지만 내 딸의 미모에 비할까요?" 자만심 탓일까. 신도 질투한다는 사실을 남자는 간과했다. 신의 눈에 독기가 서린다. 인간 주제에 감히 나를 능멸하다니. 신은 입술을 비틀어 저주의 말을 쏟아낸다. "딸년아, 아비를 욕망하렴. 처절하고 지독하게."

세상 많고 많은 사내 중에 하필 아버지를 사랑하게 된 이유다. 그녀는 아버지를 원한다. 다른 누구도 아닌 아버지의 페니스를 원한다. 페니스를 달아주지 않은 어머니를 원망하면서 페니스를 가진 남성으로서의 아버지를 욕망한다. 인간 세상의 도덕과 질서를 파괴하고 황폐를 가져오는 근친상간의 금기조차 두렵지 않은 가혹한 사랑. 어찌해볼 도리가 없는 욕망. 채워지지 않는 결핍의 비애. 눈앞에 있는데 안길 수 없고 기댈 수 없고 소유할 수 없는 고통. 죽어야만 충족되는 욕망의 늪지대에서 탈출하기 위해 목을 매지만 저주가 쉽게 풀릴 리가 있나. 쉽게 완성되는 저주는 저주가 아니다. 뒤탈이 두렵지 않은 젖어미의 연민이 그녀를 저주의 종착지로 한 걸음 더 떠민다. 젖어미의 도움에 힘입어 그녀는 얼굴을 가리고 야음을 틈타 아비의 침실로 들어간다.

어느 날 문득 딸의 배가 불러오는 것을 눈치챈 남자의 다그침. 사실을 안 그는 경악한다. 분노를 피해 달아나던 목숨이 절체절명에 도달하는 순간 여자는 눈물을 뿌리며 신을 향해 절규한다. 살려달라고.

죽을 때까지 환멸과 고통을 안고 살아야 할 인간의 운명이 가혹해서였을까. 신은 그녀를 한 그루 나무로 바꾸었다.

콤미포라 미르라(Commiphora Mirrha).

동방의 현자들이 아기 예수를 찾아 경배할 때 바쳤던 세 가지 예물 가운데 하나가 몰약이다. 나무로 변한 여자가 흘린 참회의 눈물이자 기쁨의 눈물이 몰약이 된 것이다. 스스로를 정화하고 세상도 구하는 방부제이자 치유제로서의 눈물. 인간에게 닥치는 저주는 역설적이게도 필멸의 인간에게 불멸이 어떤 건지를 알려주려는 신의 자비인지도 모른다.

파리버섯과
팬데믹 시대

                                파리버섯은 여름에 혼합
림에서 하나씩 또는 무리로 나타난다. 갓은 회거나 크림색인데 한가운데가 노랗거나 노란
갈색이다. 그 위에 흰 크림색의 점 사마귀들이 흩어져 있다. 가장자리에는 우산살 모양의 주
름이 선명하다. 주름살은 흰색이다. 대는 회거나 노란 크림색인데 윗부분이 가늘고 밑동은
알뿌리 모양이다. 오래전 시골에서 파리를 잡기 위해 이 버섯을 밥에 섞어서 곳곳에 놓아두
었다. 이보텐산이라는 파리 살충 성분을 가진 독버섯으로 먹으면 환각과 정신 착란을 경험
한다.

코로나 바이러스의 창궐로 전 세계가 어수선하다. 사람들 간의 호흡 접촉으로 옮겨지는 이 병은 무서운 전염력과 치사율 때문에 전 세계를 공포의 도가니 속으로 몰아넣었고 지금도 몰아넣고 있다.

콜럼버스(Christopher Columbus)의 대항해 시대 이후에도 이와 비슷한 전염병이 세계를 휩쓸었다. 병을 옮기는 것은 '트레포네마'라는 바이러스였다. 이것은 바퀴벌레의 몸속에 기생했는데, 인간들이 동물들을 사냥하고 사냥당하는 과정에서 입은 상처를 통해 인간의 몸속에 들어온 것이었다.

트레포네마는 타액과 정액을 통해 다른 사람들에게 전파되었지만 별다른 관심을 받지는 못했다. 고작해야 성기나 항문, 입술 주위에 매화꽃 모양의 피부 궤양을 일으켰다가 사라졌기 때문이었다. 그런 사소한 증상이 저주와 두려움의 대명사로 둔갑한 것은 콜럼버스 대항해 이후였다. 콜럼버스와 일당들에 의해 유럽대륙으로 건너온 이 바이러스는 수백만 명의 목숨을 앗아갔고 그 몇 십 배에 이르는 사람들을 고통으로 몰아넣었다. 그 병의 이름은 매독이었다.

『아웃 오브 아프리카』를 쓴 아이작 디네센(Isak Dinesen)은 두 번이나 노벨 문학상 후보에 올랐던 작가다. 그녀는 결혼한 직후 매독에 걸렸는데 남편 때문이었다. 농장주였던 그는 농장의 하인들과 거칠 것 없는 섹스를 즐겼고 그 과정에서 매독을 얻어 부인에게도 옮겼다. 그녀는 악랄한 고열을 비롯해서 수은 중독(매독을 치료하려다가 얻은), 탈모와 구토와 격심한 위경련으로 극한의 고통을 겪으면서도 글쓰기를 멈추지 않았고, 77세 때 아프리카를 여행하다가 세상을 떠났다.

결국 트레포네마 바이러스는 그녀에게 엄청난 고통과 상처를 주었지만 다른 한편으로 명료성과 창의성을 선사하기도 했다. 베토벤과 니체가 그랬듯이. 홀로코스트의 살인자 히틀러가 그랬듯이.[8]

팬데믹 시대는 자발적 유폐와 위리안치를 일삼는 예술가들에게 어떤 영향을 미칠까? 한 가지 분명한 사실은 서로 만나 악수하고 포옹하고 어깨를 두드리는 방식(기쁨 호르몬을 발생케 하는)의 공동체 생활은 이제 불가능하다는 것이다.

---

8   모두 매독에 걸렸었다. 베토벤과 니체의 천재성, 히틀러의 잔인성이 모두 매독균에 의한 결과라는
    보고서도 있다.

붉은사슴뿔버섯과
한스[9]

붉은사슴뿔버섯은 여름부터 가을 사
이 흙 속의 썩은 나무 그루터기에서 한 개씩 또는 여러 개씩 솟아난다. 끝이 무딘 사슴뿔 모
양으로 붉은색에서 붉은 오렌지색이다. 사트라톡신이라는 독을 가진 버섯으로 즙이나 포
자 가루가 피부에 닿기만 해도 두드러기와 가슴 통증, 고열이나 두통 등의 증상을 일으키는
맹독성 버섯이다.

---

9 독일 감독 롤프 슈벨(Rolf Schubel)이 만든 영화 <글루미 선데이(Gloomy Sunday)>에 나오는 독
   일군 장교 이름. <글루미 선데이>는 한 여자와 그를 사랑한 두 남자의 비극적 사랑을 그린 슬프
   면서도 아름다운 영화다.

비틀걸음을 멈춘다. 어둠 속에서 내면의 목소리가 비아냥거린다. "비웃음을 견디며 살 수 있겠어? 애초에 고백하지 말았어야 해. 일언지하에 딱지를 맞았잖아. 그것도 사람들 앞에서. 남들이 어떻게 생각하겠어. 찌질이, 병신, 쪼다, 수군대는 수모를 받아들일 수 있겠어? 그러니 여기서 끝내는 게 어때?" 혈관을 달리는 취기가 부추기는 자기 파괴의 엄청난 충동. 그래, 더러운 세상 여기서 끝내자. 더는 살 가치가 없어. 그는 한쪽 발을 난간 위로 올린다. 위태롭게 걸터앉은 몸이 잠시 흔들리더니 수직으로 추락한다.

얼핏 죽음의 얼굴을 본 것도 같다. 부드러우면서도 차갑고 묵중하다. 차가운 물이 목구멍 속으로 넘어온다. 폐가 터질 것 같다. 죽음이 이런 거야? 허우적거리는 사이 증오가 풍선처럼 부푼다. 그년이 내 사랑을 받아주었다면 상황이 이런 식으로 끝나진 않겠지? 이런 식으로 끝장이 나면 나만 억울하잖아? 내가 왜 죽어야 하는 거지? 안 그래? 받은 수모를 갚아 주지 않는다면 더 큰 수치야. 이에는 이 눈에는 눈이라 했… 생각이 끊기고 의식이 사라지는 순간 누군가 그의 목덜미를 움켜쥔다. 친구에 의해 살아난 그는 모멸과 복수심을 구겨 넣은 가방을 들고 기차에 오른다.

제국의 장교가 되어 돌아온 그는 복수의 칼을 벼르기 시작한다. 모래 구덩이 속 개미귀신처럼. 마침내 홀로코스트가 일어나고 그는 선의를 가장해 목전에 도달한 파국을 피하는 방법을 예전 생명의 은인에게 제시한다. 외통수에 몰린 친구로서는 그것 외에 마땅한 방법이 없다. 그것은 결국 가스실로 향하는 기차에 오르는 일이다. 일이 잘못된 것을 알고 달려온 여자를 안심시키며 옷을 벗기는 한스. 유린 끝에 제복의 단추를 채우고 돌아서려다 모멸의 눈빛을 던지며 중얼거린다.

"인간이 할 수 있는 행위들 가운데 참으로 가슴 두근거리는 것은 오직 두 가지뿐이다. 다른 인간과 성관계를 갖는 것, 혹은 그를 죽이는 것."[10]

---

10 알렉상드르 라크루아(Alexandree Lacroix).

회색깔때기버섯과
엉덩이 숭배

회색깔때기버섯은 늦은 가을 잡목 림에서 볼 수 있다. 서리가 내릴 즈음에 나타난다고 해서 서리버섯이라고도 한다. 군생하는 습성이 있어 운이 좋으면 한 번에 많은 양을 채취할 수 있다. 회색의 갓은 중심부의 색이 진하고 가장자리는 연해진다. 성장할수록 가장자리가 안으로 굽는데 육질이 두껍다. 주름살은 백색이다. 부드러운 융털이 붙어 있는 대는 흰색으로 원추형인데 아래쪽이 굵고 속이 꽉 차 있다. 부드럽고 담백한 맛을 가진 식용 버섯이다.

<힘의 장소 - 몸>. 서양화가 노춘석의 그림을 본다. 이 노골적이며 적나라한 에로티시즘을 어떻게 해석할 수 있을까? 무아지경의 자기 소비인가. 욕구불만으로 인한 자기 파괴인가. 성의 상품화를 위한 광고 행위인가.

검정 토플리스 하나만 걸친 반라의 몸이 자위행위에 몰입해 있다. 얼굴을 일그러뜨린, 이빨이 드러나도록 한껏 벌린 입이 절정이 머잖았음을 보여준다. 누군가를 의식한 행동은 아니다. 완벽한 자기만족, 자기 소비의 통제 불능한 포효다. 터져 나오려는 격한 에너지가 만들어내는 환희의 ―어쩌면 환멸이기도 한― 순간이 이런 식으로 적나라하게 그려진 적이 있던가.

비슷한 그림을 본 적이 있다. 톰 웨셀만(Tom Wesselmann)의 연작 <위대한 아메리카 누드 91>. 비키니 자국이 선명한 나체는 육체 숭배자를 유혹하기에 충분하다. "인생이 별건가? 즐기고 관심받고 마음껏 소비하다 가는 거지." 도발적으로 완벽하게 까발려진 육체의 중요 부위가 이렇게 속삭이는 듯하다.

하지만 저것은 현실의 투영이 아니라 화가의 잠재의식에 내재된 망상이거나 환상일 가능성이 짙다. 그림에 덧입혀진 낙서들 때문이다. 어린 시절 누구나 한 번쯤 으슥한 담벼락에 수치스럽고 부끄러운 열망을 낙서했듯이. 인생이란 것도 알고 보면 그리고, 끄적거리고, 노래하다가 볼 장 다 보는 것이다.

노춘석의 그림은 그러한즉 몸의 어떤 부분에 깃든 사랑과 힘과 욕망과 열망에 대한 오마주다. 그것은 이데올로기나 진리라 주장되는 단호하고 편협한 것들처럼 어떤 틀로 고착되지 않고 규정할 수도 없다. 예를 들자면 만 레이(Man Ray)의 작품인 <기도(pray)>. 두 손으로 계곡 사이의 내밀한 부분만을 가린 채 발바닥을 하늘을 향하게 붙이고 오체투지 하듯 꿇어 엎드린 엉덩이 사진 제목이 기도다. 근본주의자들에게는 음란과 외설을 넘어 신성 모독에까지 닿겠지만.

어쨌든 화가의 존재 의무는 섬광처럼 반짝이는 이미지를 사라지기 전에 화폭에 잽싸게 가두는 것이다. 설사 그게 환상에 불과할지라도. 기실 몸을 이루는 중요한 뼈대는 환상과 욕망이다.

꾀꼬리버섯과
닫힌 문 열기

꾀꼬리버섯은 여름부터 가을 사이에 숲에서 볼 수 있다. 갓이 노란 꾀꼬리를 닮았다고 해서 이름이 붙었다. 갓과 주름살 몸통이 모두 노랗다. 살구 냄새가 나기도 하는 식용 버섯이다.

보살도를 완성하기 위해 53인의 선지식을 찾아다니며 가르침을 원하는 선재동자가 26번째 만나는 스승이 '세상의 친구'라는 뜻의 이름을 가진 바수미트라[음역하여 바수밀다(婆須蜜多)]라는 여인이다. 모자라거나 넘치는 것도 없이 완전무결한 몸은 순금처럼 빛나는데, 더욱 놀라운 것은 마주하는 사람이 누구냐에 따라 그녀의 모습이 자유자재로 변한다는 것이다. 천계의 남신을 만나면 천계의 여신이 되고 세상의 귀부인을 만나면 세상의 선남자가 되고 지옥의 짐승남을 만나면 지옥의 짐승녀가 되어 사랑을 나누는 전천후 자유자재한 존재가 그녀인 것 산은 산이고 물은 물인 이분법적 경계가 아니라 산과 물 자체가 하나의 자연 속에 스며들어버리는 경지를 만드는 여인이 그녀인 셈이다. 그녀는 자신의 몸을 보시행으로 삼는데, 영화감독 김기덕은 영화 <사마리아>에서 그녀를 이렇게 소개한다.

　"인도에 바수밀다라는 창녀가 있어. 남자들은 그녀와 자고 나면 모두 절실한 불교 신도가 되어버려. 왜냐하면 그녀는 남자들의 깊은 모성애를 자극해주는 아주 행복한 섹스를 베풀거든."

　한편 경전에서는 그녀를 이렇게도 묘사한다. "그녀의 목소리를 듣는 순간, 상대방은 환희로 가득 차고 여인의 손을 잡는 순간 불국토를 거닐며, 웃거나 찡그리는 모습을 보는 즉시 지옥과 열반을 경험하며, 포옹하고 입을 맞출 때 너나 구분 없는 더할 나위 없는 대자대비한 삼매에 든다."

어제, 대학로 혜화 아트센터에서 있었던 김명화 화가의 <누드와 천상의 사랑 전>에 다녀왔다. 소 전시실에 걸린 지극히도 일상적인(어쩌면 진부하게도 보이는) 풍경화를 보면서 나는 생뚱맞게도 선지식이자 창녀라고도 일컬어지는 바수미트라와, 냉담한 달마 앞에서 가차 없이 자신의 한쪽 팔을 잘라버린 후 스승의 법을 이어받은 혜가를 동시에 떠올렸다. 그건 뜻밖에도 닫혔거나 반쯤 열린 문 때문이었다.

닫힌 문은 나와 세계를 철저하게 고립시킨다. 한마디로 '너는 너고 나는 나'인 단절의 세계가 닫힌 문의 세계. 그 속에서는 어떤 폭력이, 어떤 살인이, 어떤 죽음이 일어나고 이루어지는지 알 수 없다. 물론 신경 쓸 필요조차 없다. 열린 문은 다르다. 초라하고 비루한 세간이 보일지언정 실례를 무릅쓰고 기웃거려볼 수 있고, 그러다보면 소통할 수 있고, 더 내밀해지다보면 이심전심, 염화미소까지 짓게 한다.

어리알버섯과
몽마

　　　　　　　　　　　　　　어리알버섯은 여름부터
가을 사이에 모래땅에서 볼 수 있다. 황갈색 표면이 성숙하면서 불규칙하게 갈라진다. 속은
흰 균사로 채워져 있는데 노화되면 갈색으로 변한다. 말불버섯이나 말징버섯과 흡사해서
혼동하기 쉬운 독버섯이다.

인간은 남녀를 불문하고 23쌍의 염색체를 갖고 있다. 성염색체가 XX면 여자고 XY면 남자로 태어난다. 문제는 이게 고정불변이 아니라는 것이다. 최근 밝혀진 유전학에 의하면 어떤 남성은 XX 염색체를 갖고 있고 여성 또한 XY 염색체를 가진 것으로 밝혀졌다. 성 전화(轉化) 현상이 일어났기 때문인데, 변하지 않는 절대 진리는 없다는 것을 여실히 방증한다.

영화 <대니쉬 걸(THE DANISH GIRL)>은 덴마크 화가 릴리 엘베(Lili Elbe)의 실화를 바탕으로 만들어졌다. 남성으로 태어나서 화가인 아내의 모델 노릇을 하다가 자신이 남성이 아니라 여성인 것을 깨닫고 여성의 삶을 살기 위해 죽음도 불사하는 이야기다. 릴리 엘베는 남성으로 태어났지만, XX 염색체를 갖고 있었던 것은 아닐까? 문화와 풍습과 환경과 기호가 그를 여성으로 탈바꿈시켰을 수도 있다.

성호르몬을 촉발하거나 억제해 성 충동을 조절하는 부위가 뇌의 시상하부다. 시상하부에 자극을 가하거나 사고로 파괴되면 극단적 환경에 빠지게 된다. 전자는 과도한 성 충동에 사로잡히는 것이고 후자는 아예 성에 관심이 없게 되는 것이다.

권력자들이 저지르는 성추행이나 성폭행 사건의 면면을 보면, 그들이 획득하게 된 돈과 명예와 지독한 교만이 시상하부에 지나친 자극을 준 것은 아닐까 생각이 든다. 자극의 극단까지 갔다면 그들은 드럼 세탁기, 무선 인터넷 공유기, 아우디는 물론이고 "아아 컴-퓨-터와 썹"[11] 을 할지도 모른다.[12]

인간은 신도 될 수 있고 악마도 될 수 있다. 신이 남성도 여성도 될 수 있듯이 악마도 그렇다. 악마는 여자를 취하고 싶으면 몽마(夢魔, incubus)가 되고 남자를 유혹하고 싶으면 음몽마녀(淫夢魔女, succubus)가 된다.

---

11 최영미 <Personal Computer>의 한 귀절.

12 클루버-부시 증후군.

당귀젖버섯과
유태성숙
— 아름다워서 욕망하는 걸까, 욕망하므로 아름다운 걸까.

당귀젖버섯은 여름부터 가
을 사이에 혼합림에서 볼 수 있다. 연한 갈색의 갓 표면이 물결무늬의 동심원을 이루므로 쉽
게 구분할 수 있다. 마른 버섯에서는 당귀 냄새가 나기도 한다. 주름살에 상처를 내면 하얀
유액이 나오는데 바로 연한 갈색으로 변한다. 종양을 억제하는 효능이 있는 약용 버섯이긴
하지만 식용 버섯은 아니다. 독버섯인 노란젖버섯과 혼동하기 쉽다.

나이를 먹었는데도 도무지 늙지 않는 얼굴이 있다. 세상 물정에 이골이 난 나이에도 불구하고 얼굴만큼은 동안인 사람들을 보면 시기심이랄까 호기심이랄까, 어쨌든 적당한 말로는 형용할 수 없는 묘한 감정이 일어난다. 동안을 유지하는 사람에게는 축복이겠지만, 나이보다 늙어 보이는 사람은 그 또는 그녀를 보면서 자괴감과 절망감에 사로잡히기에 충분하다.

커다란 눈에 통통하고 작은 입술, 오뚝한 콧날, 도무지 나이를 분간할 수 없는 붉고 탐스러운 뺨. 몸은 세파에 따라 성숙을 넘어 시들어가는데 얼굴만큼은 어린아이처럼 풋풋한 상태를 유지하는 것을 유태성숙(幼態成熟, neoteny)이라고 한다. 유태성숙은 결국 성숙과 노화로 이어지는 자연의 섭리를 거스르는 신체의 불균형인 셈이다.

실상 젊음도 영원한 것은 아니라서 시간이 지날수록 퇴색하고 쪼그라드는데 그 과정을 조금이라도 더 유지하고 지연시키기 위해 많은 자본과 시간을 투자하는 사람들. 안티에이징 화장품은 기본이고 마사지며 운동, 하다못해 이물질을 삽입하고 광대뼈와 턱을 깎아내기까지 한다. 젊음은, 청춘은, 동안은, 아름다운 여인의 외모는 그 자체만으로 스스로 빛을 내는 발광체라서 여신으로 추앙받기에 부족함이 없는 세상 탓에, 여성은 모름지기 로리타(Lolita)를 꿈꾸고 남성은 험버트(Humbert)를 지향한다.

위화의 소설 『제7일』에 미모의 여자와 돈도 없고 권력도 없는 남자의 이야기가 나온다. 타고난 미모 때문에 패기만만한 남자들의 열성적인 구애를 모두 거절한 리칭이 결혼 상대자로 선택한 사람은 뜻밖에도 '싸구려'라 불리는 양페이다. 이유는 양페이가 많은 남자들이 대시해 오는데도 불구하고 외로워 보이는 리칭 때문에 가슴이 아팠고, 그녀를 위해서 울어준 단 한 사람이기 때문이다. 단언컨대 지금 이런 사랑은 로맨스 소설이나 멜로드라마에서나 가능할 것이다.

여자들은 울면서도 화장을 한다. 아름다움은 인간 존엄의 마지막 보루다. 그러나 임계점을 넘는 순간 영락으로 떨어지고 마는 치명적인 크레바스이기도 하다.

우산버섯과
일곱째 날

우산버섯은 여름부터
가을 사이에 혼합림에서 볼 수 있다. 회갈색 갓은 둥근 산 모양인데 한가운데 볼록한 꼭지
가 있다. 중심의 색이 진하고 가장자리일수록 연한데 우산살 모양의 주름이 선명하게 나타
난다. 자루는 흰색이고 자루 아래는 하얀 자루 주머니가 있다. 식감이 좋아 식용했으나 소
화 기관에 염증을 일으키는 성분이 있는 것으로 밝혀졌다.

위화의 장편소설 『제7일』은 가스 폭발로 죽은 주인공이 암에 걸린 채 사라진 아버지를 찾아 이승과 저승을 떠돌면서 만나는 사람들에 관한 이야기다. 아버지는 종적을 감추기 전 주인공 양페이에게 말한다.

"죽는 건 두렵지 않아. 조금도 두렵지 않단다. 내가 두려운 건 다시는 너를 못 보는 거야."

『제7일』은 '씻김굿 같은' 소설이다. 작가는 이승과 저승의 경계를 넘나들며 얽힌 그리움과 맺힌 한을 푸는 과정을 한 폭의 가벼운 풍경화처럼 그린다. 그의 다른 소설 『인생』이나 『허삼관 매혈기』도 그렇다. 가난하고 나약한 인민들을 바라보는 작가의 시선은 따뜻하면서 풍요롭다. 특히 대미를 장식하는 '쥐족'인 -우리 식으로 표현하자면 가출팸쯤 될까?- 슈메이와 우차오의 이야기는 차라리 한 편의 아름다운 동화다.

같은 제목의 소설을 또 읽은 기억이 있다. 장정일의 단편 소설 『제7일』. 은행의 자동 금전 출납기 앞에서 만난 두 남녀가 빨간 책 -조르주 바따이유(Georges Bataille)의 『에로티시즘』- 을 매개로 바닷가에서 7일 동안 극단적 사디즘의 사랑에 몰입하다가 핵전쟁으로 최후를 맞는다는 내용이었다.

'제7일'이라는 제목이 의미하는 것은 결국 안식과도 같은 죽음의 세계를 표상하는 것이다. 신은 일곱째 날 창조의 모든 손길을 멈추고 안식했다는데 영원한 안식은 죽음밖에 더 있을까. 『티벳 사자의 서』에 의하면 사후 7일째 되는 날, 저승을 헤매는 망자들에게 마지막으로 평화의 신들이 나타나 다시 한 번 영원한 안식에 들 기회를 준다고 한다. 여기에서도 안식에 들지 못한 영혼들은 8일째부터는 분노의 신들에게 시달리면서 윤회의 수레에 올라타고 만다는데, 결국 생은 환상통증 같은 것은 아닐까? 떨어져 나간 팔이며 다리가 여전히 매달려 쿡쿡 쑤시는 것 같은.

붉은비단그물버섯과
성묵화

붉은비단그물버섯은 여름과 가을에 소나무 숲 땅에서 한두 개씩, 또는 무리지어 올라온다. 갓과 대가 붉은색의 비늘로 덮여 있다. 노란 관공은 상처가 나면 갈색이 되었다가 어두운 갈색으로 다시 변한다. 옅은 자주색의 턱받이가 있는데 쉽게 떨어진다. 씹는 맛이 괜찮은 식용 버섯이다.

'선묵'이라는 그림과 글이 있다. 선승들이 깨달음이나 구도의 한 방편으로 그린 글과 그림을 선화(禪畫) 또는 선서화(禪書畫)라고 이름 붙인 사람은 석정 스님이다. 이와 달리 선묵은 '번개같이 번뜩이는 지혜로운 힘으로 사물을 직관함과 동시에 한순간의 망설임도 없이 그려낸 그림이나 글'을 일컫는다.

선화는 17세기 초 일본까지 이름을 떨친 조선 중기의 화가 김명국이 그린 <달마도>가 유명하다. 묵화로는 충남 공주 출신의 일타 스님의 작품인 <인(忍)>을 들 수 있다. 일타 스님은 외가와 친가를 비롯하여 일가족 41명이 모두 출가한 것도 모자라 중노릇 제대로 한 번 해보겠다고 엄지를 제외한 오른쪽 손가락 전부에 불을 붙여 부처님께 공양한 것으로 유명하다.

최근에 '성묵화(性墨畫)'라는 장르가 새로 등장했다. 성묵화라는 호칭을 만들고 그림을 그린 사람은 동양화가 유준이다. 얼마 전 유준은 인사동 화랑에서 '성묵화'라는 타이틀을 걸고 성대하고도 센세이셔널한 전시회를 열었다. 종교적 보수주의자나 근본주의자들이 보기엔 대단히 불쾌하도록 도발적이고 해괴망측했으리라. '독사의 아가리나 타오르는 불 속에 집어넣을망정 여인의 그곳에는 결코 남근을 집어넣어서는 안 된다'는 계를 금과옥조로 여기는 성문이나 연각 수준의 구도자라면 분명 주화입마에 들었을 수도 있었을 것이다. 요즘 세상에 그토록 서슬 푸른 납자가 존재하는지도 의문이지만.

견성(見性)이나 오달(悟達)했다는 것은 일체개공(一切皆空)의 경지에 이르렀다는 말일 터. 그 지경에 선악이나 미추(美醜)의 구분이 있겠는가. 설사 그 경지에 이르진 못했더라도 강 건너 저쪽 언덕에 도달할 수 있는 여섯 가지 방법(六波羅密, 六度)의 첫째는 '베푸는 것'이라 했거니와, 그 발단은 동정과 연민일 것이 분명하다. 동정과 연민 속에서도 좋고 나쁨을 구분한다면 그건 분명 또 다른 차별이고 편견이겠지만, 어쨌든 오달의 주인공이라면 저잣거리에 내려가 한 많고 탈 많은 중생들과 어울리며 한바탕 신명난 춤사위를 펼치는 것, 일체개공은 그런 것이라 믿는다.

가지색그물버섯과
결박 예술

가지색그물버섯은 여름부터 가을 사이에 활엽수림의 숲에 나타난다. 갓과 자루가 가지색인데 상처가 나도 색이 변하지 않는다. 하얀 관공은 성장하면서 노란 갈색으로 변한다. 대에 하얀 그물무늬가 있다. 식용 버섯이다. 흑자색그물버섯이라고도 한다.

존 윌리(John Willie)의 사진을 본다. 동물처럼 손과 발, 때로 젖가슴까지 밧줄에 묶인 채 여러 모습을 취하고 있는 여성들. 치부를 겨우 가린 짧은 치마나 브래지어를 착용했는데 입은 재갈이 물려 있거나 테이프로 봉해져 있다. 바닥에 엎어져 있는가 하면 밧줄에 묶여 허공에 매달려도 있다. 얼핏 보면 사디스트들의 욕망을 부추기기 위한 포르노 사진과 흡사해 보인다.

윌리가 이런 사진을 찍은 것은 '기괴한(BIZARRE)'이라는 이름의 성인용 잡지 발행인이자 사진작가였기 때문이다. 페티시즘의 대가답게 젊었을 때부터 하이힐의 매력에 빠졌던 그는 특별한 신발 회사를 차렸고, '달콤한 그웬돌린(Sweet Gwendoline)'이라는 여주인공을 등장시켜 본격적으로 페티시 미학이 깃든 환상적인 만화를 그린다. 제대로 된 한 컷을 그리기 위해 모델을 고용해 가죽옷을 입히고 신체를 결박한 후 재갈을 물리고 사진을 찍었다. 간과하지 말아야 할 것은 이런 작업이 모델과 사진사의 상호 협력과 교감으로 이루어졌다는 것이다. 묶여 있음에도 다른 게걸스러운 포르노그래피와는 달리 우아함과 신비한 아우라가 감도는 이유다.

그는 자신의 꿈과 환상이 뒤섞인 결박 예술(Bondage Art)을 구도자적인 자세로 밀고 나갔는데, 무의식적인 강박 관념에서 벗어나기 위한 것이었다. 그를 치료했던 정신과 의사의 말: "윌리는 예술가이지 포르노

그래퍼가 아니다. 그는 자신의 섹슈얼한 핸디캡을(어쩌면 사이코와도 같은 기질의) 사회적으로 인정받을 수 있는 배출구를 겨우 찾아낸 불행한 사람이다."

재갈이 물리고 몸이 결박당한 채, 애처로운 눈빛을 던지는 사진 속 모델은 기실 죄의식에 시달리는 자신을 단죄하는 것이자 구원을 표상하는 마리아를 향한 심미적 애원은 아니었을까. 묶은 사람과 묶이는 사람 사이에 일어나는 기적 같은 가치 전도.

존 윌리의 사진은 후기 예술가들에게 많은 영향을 끼쳤다. 루이스 부뉴엘(Luis Bunuel)의 영화 <세브린느(Belle De Jour)>의 첫 장면 -마차를 타고 가던 까뜨린느 드뇌부(Catherine Deneuve)의 환상- 벌거벗겨진 채 나무에 매달려 채찍질 당하는 장면은 그에 대한 오마주라 보아도 무방하다.

마귀광대버섯과
빛
— 나는 모든 육체로부터 나오는 빛을 그린다: 실레

마귀광대버섯은 여름부터 가을까지 토양을 가리지 않고 나타난다. 갓 표면은 노란 갈색 또는 흑갈색이고 가장자리엔 우산살 모양의 주름이 있다. 주름살은 처음엔 흰색이었다가 점차 연갈색으로 변한다. 대는 흰색인데 비늘 가루가 묻어 있다. 대 위에 하얀 턱받이가 있는데 잘 떨어져 나간다. 환각과 환청을 유발하는 치명적인 독을 가지고 있다.

"사람은 대상이 아니라 대상에 대한 환상 때문에 사랑에 빠진다"는 글귀를 어느 책에선가 읽었다. 사랑에 취하거나 종교적 희열을 경험하면 사람과 세상이 달라 보인다. 술과 명상도 그런 작용을 한다. 술에 취하면 못생긴 사람도 예뻐 보이고 명상에 든 사람은 무한과 동일시되는 탈자아의 무아지경을 경험한다. 뇌 과학자들에 의하면 이성적 사고를 담당하는 뇌의 특정한 부분이 비활성화되기 때문이라고 한다.

밀란 쿤데라의 『참을 수 없는 존재의 가벼움』. 유리닦이로 전락한 토마스가 절대로 미녀라고는 할 수 없는 -작가의 표현에 의하면 '기린과 황새'를 믹스해놓은- 비균형적인 여자와 만나는 순간 성적으로 흥분하는 장면이 나온다. 작가는 그 이유를 '바람둥이 호색한의 괴벽 집착증 -백만분의 일의 상이성에 사로잡히는- 이라고 정의하는데, 이것은 뇌의 특정 부분이 충격을 받아 도파민이 순간적으로 과도하게 분비되는 현상과 관계가 있다는 것이다.

결국 욕망이나 취향이라는 것도 뇌에서 분비되는 신경전달물질에 의한 작용이라는 이야기다. 종교에 빠져 맹목적 광신도가 되는 이유도, 오직 한 사람 또는 사물에 집착하는 아스퍼거 증후군도 다르지 않다.

오늘 밤 당신은 환상처럼 빛난다. 당신에게서 내 영혼을 멀게 만드는 빛이 뿜어져 나온다. 당신은 불타오르는 쾌락이고 제어 불가능한 오르가슴이다. 죽음도 불사하는 심정으로 당신을 욕망한다. 유디트에게 기꺼이 목을 맡기는 홀로페르네스처럼.

털밤그물버섯과
즐거운 전복

                               털밤그물버섯은 여름과 가을 사이에 숲속 혼합림에서 볼 수 있는 한해살이 버섯이다. 붉은 갈색의 자루에 그물 무늬가 거칠면서도 선명하다. 갓은 회색에 가까운 갈색인데, 건조하면 끝부분이 조금씩 갈라진다. 관공은 노란 다각형이다. 자루는 밑으로 내려갈수록 굵어진다. 씹는 맛이 담백한 식용 버섯이다.

오랫동안 술에 굶주린 남자가 있다. 더는 견딜 수 없었던 남자는 어느 날, 아내의 옷을 입고 나가 와인 한 병을 사는 데 성공한다. 1차 대전이 한창일 때였고 남자는 탈영병이었다. 전쟁터로 다시 끌려갈 것이 두려워 전전긍긍하던 남자는 아내의 적극적인 훈수 때문에 마침내 여자로 변신하는 데 성공한다. 외모는 여성이되, 시커먼 수컷의 속내를 고스란히 간직한 여장 남자의 기이한 인생 편력은 그로부터 시작된다. 프랑스 작가 클로에 크뤼쇼데(Chloe Cruchaudet)의 그래픽 노블 『여장 남자와 살인자』의 내용이다.

성 정체성은 생래적인가 사회적 학습인가. 아니면 기존 세계관과 도덕관에 대한 반항이자 해체인가. 신화에 의하면 인간은 원래 양성구유의 존재였다. 그것을 증명이라도 하듯 집요하게 천착한 작가가 피에르 몰리니에(Pierre Molinier)다. 그는 자신을 피사체 삼아 본격적으로 '헤르마프로디토스 정체성 찾기'에 몰두했는데, 곧추선 남성을 여과 없이 드러낸 상태에서 스타킹과 가터벨트, 눈가리개 등을 착용하고 여성으로서의 환상과 쾌락을 셀프 포토 이미지로 남겼다. 내면 깊숙이 숨겨진 양성구유의 욕망이 드러나자 초현실주의 예술가들이 열광했다. 성이 운명적으로 주어진 고정불변의 것이 아니라 스스로 선택할 수 있는 '몸짓'이라는 것에. 문화 비평가들은 이 몸짓에 '저항'이라는 수식어를 붙이기도 한다. 지배 이데올로기에 대한 전복의 의미로.

신은 존재하지 않고, 진리라는 것도 자신들의 기득권을 유지하기 위해 선전하는 신통찮은 이데올로기에 불과한 세상에서 심취할 것 하나 없는 인생은 얼마나 따분한가. 게이를 좋아하든 레즈비언을 사랑하든 이성을 택하든 그것은 취향의 문제다. 예술가를 자처하는 사람들은 한 발 더 나가, 자신의 아내(남편)나 연인들의 몸을 작품의 오브제로 삼는다. 포르노 배우인 치치올리나와 결혼한 제프 쿤스(Jeff Koons)가 그랬고 아내의 누드를 찍어 책으로 펴낸 자크 앙리(Jacques-Henri Lartigue)가 그랬다. 관음증과 노출증의 절묘한 하모니지만, 어떤 사람은 눈살을 찌푸리기도 한다. 예술은 어쨌든, 위험하면서도 즐거운 전복이다.

"여러분의 몸이 그리스도의 지체라는 것을 알지 못합니까? 그런데 그리스도의 몸의 한 부분을 떼어서 창녀의 몸의 지체로 만들어서야 되겠습니까? 절대로 그럴 수 없습니다"라고 바울은 단언한다. 왜 안 되는데? 세리와 창녀들이 당신들보다 먼저 하느님의 나라에 들어갈 텐데.[13]

---

13 바울의 주님. 예수 그리스도의 말이다. 마태복음 21장 31절.

큰갓버섯과
돈 내고 하는 섹스
— 창녀를 없애면 이 세상이 욕정으로 오염될 것이다: 성 아우구스티누스

　　　　　　　　　　　　　큰갓버섯은 여름부터 가을에 거쳐 숲
속 풀숲이나 풀밭 등에서 볼 수 있다. 난형의 갓은 성장하면서 넓게 펴지는데 갓 위의 표피
가 갈라지면서 생긴 인편이 동그랗게 자리 잡는다. 주름살은 흰색이면서 빽빽하다. 대는 표
피가 갈라져 뱀 껍질 같다. 갓이 펼쳐지면서 나타나는 턱받이는 위아래로 움직인다. 식용 버
섯이긴 하지만 날로 먹으면 중독을 일으킨다. 독흰갈대버섯과 외양이 흡사하다.

체스터 브라운의 『유료 서비스』는 매번 창녀를 사서 욕정을 해소하는 과정을 그린 자전적 그래픽 노블이다. 그것은 캐나다의 한 도시에서 벌어지는데, 그곳은 매춘이 합법화된 도시다. 결혼 생활을 함께하는 사람일지라도 욕망이 일어날 때마다 -상표가 각각 다른 일회용 컵밥을 고르듯- 돈을 지불하고 섹스를 산다면 어떨까. 영혼과(있다면) 양심과 도덕까지도 사고팔 수 있는 신자유상업자본주의 시대에 걸맞은 매매 행위가 아닐까?

사랑도 시대에 따라 변한다. 검은 머리 파뿌리 될 때까지 한 사람만 사랑하면서 살겠다는 다짐을 지키는 사람이 아직도 있을까? 책임과 희생과 배려와 도덕적 믿음은 아직도 가족 공동체의 소중한 덕목이고 여전히 유효하지만, 예전처럼 맹목적이진 않다. 가부장적 가족 제도의 와해와 혼자 가족 및 개인주의의 확대, 순간적인 욕망 분출의 중요성 등이 강조되어 나타난 현상이다. 가족 시스템의 유지를 위해서 일부러 일탈을 장려하는 시대에 케케묵은 순결관은 더는 유효하지 않다.

어쨌든 『유료 서비스』는 돈을 주고(받고) 사랑(섹스)을 하는 남자(여자)의 지독하게 섬세하면서도 현실적인 이야기다. 돈으로 섹스를 사는 것이 나쁜 일이라고 주장하는 사람에게 작가는 이렇게 말한다. "돈의 힘이 나쁜 것이라면, 연인이나 부부의 사랑도 나쁜 것이라고 봐야 한다. 그런 사람들 중에 원치 않는 섹스를 하는 경우가 적지 않기 때문"이라며 다음과 같은 예를 든다.

1. 이 남자랑 섹스하고 싶지는 않지만, 돈이 필요하니 눈 딱 감고 해줄래.
2. 지금은 섹스하고 싶지 않지만, 날 사랑하는 남자친구가 원하니 그냥 한 번 해줄래.
3. 더 이상 남편에게 아무 욕망도 느끼지 못하지만, 부부로 살아가야 하니 그냥 참고 해줄래.

체스터 브라운은 말한다. 이 세 가지 가운데 윤리적인 차이는 없다고. 사실이 그렇지 않은가?

보라끈적버섯과
뱀프(vamps)

보라끈적버섯은 여름부터 가을
에 걸쳐 넓은잎나무 숲이나 소나무 숲에서 자란다. 갓과 자루가 짙은 보라색이다. 반원에서
둥근 산 모양이 되었다가 다시 평편해지는 갓은 솜털 비늘로 덮여 있다. 주름살은 보라색에
서 검은 갈색으로 변한다. 개체가 작아 다 자란 버섯을 보기가 힘들다.

모든 권력은 희생자의 피 밭 위에 세워진다. 권력의 기원은 카인과 아벨로 거슬러 올라간다. 시기심 때문이든 분노가 유발했든 카인은 아벨을 돌로 쳐 죽인다. 아벨이 흘린 검붉은 피가 대지를 적시며 스며들 때, 카인은 경악과 더불어 흥분했으리라. 자신이 한 생명을 굴복시켰다는 사실에.

태초의 살인으로 인한 피가 스며든 땅에서 솟아난 식물이 있었다는데 그것이 바이올렛이 아닐까 싶다. 흔히들 제비꽃이라 부르는 바이올렛은 언어학적으로 서구 여러 나라에서 '폭력' 또는 '폭력을 행사하다' '폭력을 당하다'라는 의미로 쓰인다.[14]

여명이 트기 직전의 첫새벽과 어둠이 내리기 직전 일몰의 하늘에 나타나는, 가시적인 영역과 비가시적인 영역의 경계에서 나타나는 보라는 그래서 신비롭고, 위압적이고, 폭력적이고, 신성과 동물성의 두 얼굴을 가졌다.

염료나 염색 물질로서의 보라색(purple) 재료는 가시 달팽이가 분비하는 점액질이다. 어떤 종류의 가시 달팽이를 그릇에 넣고 썩히면 지독한 냄새가 나는 점액이 나오는데, 이것을 끓이면 걸쭉한 노란 액체가 된다. 여기에 비단이나 모직을 담갔다가 햇볕에 말리면 노란색이 녹색으

---

14 viola에서 발생한 여러 단어들. violate, violation, violator, violating, violence 등

로, 녹색에서 빨강으로, 빨강에서 보라로 변한다. 모든 색이 햇빛 때문에 퇴색하던 시대에 햇빛에 의해 생겨난 보라는 햇빛에 바래지지 않고 더욱 선명해져서 영원한 권력을 상징하는 색이 되었다. 다니엘서 5장 16절. "내가 네게 대하여 들은즉 너는 해석을 잘하고 의문을 파한다 하도다. 그런즉 이제 네가 이 글을 읽고 그 해석을 내게 알게 하면 네게 자주 옷을 입히고 금 사슬을 네 목에 드리우고 너로 나라의 셋째 치리자를 삼으리라."

여기서 말하는 자주 옷이 끓인 가시 달팽이 점액으로 염색한 옷이다. 중세 시대 유스티니아누스 황제가 온몸을 자주 옷으로 휘감고 있듯이 다니엘을 회유하는 벨사살도 자주 옷으로 온몸을 휘감고 있었다.

보랏빛은 영적으로나 세속적으로나 권력의 이미지를 잃어버린 지 오래다. 그것은 이제 허영이나, 달콤한 죄의 이미지로 탈바꿈했다. 쁘아종(Poison) 향수는 지금도 보라색 포장지를 사용한다. 보랏빛 포장지 속에 든 향수 이름이 '독'이라니 얼마나 아이러니한가. 이성을 유혹하는 뱀프, 팜므파탈의 이미지를 보라끈적버섯에서 읽는다.

버섯에 빗댄 수만 가지 마음의
풍광을 기록하다

최삼경 작가

어느새 익숙해진 '미세' 먼지처럼 세상은 더 작고 은밀하고 의뭉해진 데다 코로나 사태로 대면 자체가 위험한 일이 되었다. 비대면, 비접촉의 시절이지만 압박은 더욱 거세지는데 누가 아군이고 누가 적인지조차 파악이 되지 않는다. 내가 서 있는 위치조차 파악하기 어렵다. 아침이면 새롭게 지어지는 언어와 감정의 누각은 하늘을 찌를 듯 솟아오르다 저녁이면 이 모든 성취가 과잉과 잉여의 느낌으로 버림받기 일쑤이다. 우리는 여전히 크고 빠르고 쎈 것을 숭상하지만, 한편으로는 더 작고 세밀한 초박형의 단위에도 목숨을 건다. 확실히 세계는 예전보다 크고도 작아졌다. 그것은 마치 예전에 아무리 컸어도 지금보다 크지 않았고, 아무리 작았어도 지금보다 작지 않았던 것과 같다. 그런데 이것이 또 허망하게 다가오는 것이 보이지 않는 코로나를 인간이 어쩌지 못한다는 것이다. 비대면의 강요가 그렇지 않아도 섬처럼 떨어진 사람들을 더욱 외롭게 만들고 있다는 것이다. 속수무책, 마치 손바닥 사이로 지나가는 시간을 물끄러미 바라보는 것과 같다. 어쩔 수 없이 태어난 삶과 죽음처럼 삶은 그다지 무엇을 어쩌지 못하는 것이 아닌가 하는 생각이 단단해지는 요즘이다.

아마도 이 지점에서 장수가 창을 꼬나 잡듯 심종록 시인은 펜을 곧추세운 것이리라. 이대로 사라지고, 이대로 모르게 되고, 이대로 아무 일도 없는 일처럼 된다면 우리는 과연 어떤 존재이고 무슨 의미를 갖게 되는 것일까? 아마도 그런 마음이 버섯을 보게 만들었는지 모를 일이다. 버섯은 무엇보다도 조용하게 외진 곳에서 나무의 주검이나 땅의 표피를 뚫고 피어났다가 채 며칠 살지도 못하고 문드러지는 존재이다. 갑각의 외피도 없이 내부가 그대로 바깥이 되어 위태롭게 서 있는 비무장의 종족들. 심종록 시인은 "버섯에 눈이 간 것은 대략 십여 년 전"이었다며 "아마도 외롭기 때문이었겠다"라고 말한다. 그가 천생 시인인 것이 그는 버섯을 식용 이상의 것으로 바라보기 때문이다. 보통의 사람들이 그처럼 나투어 버섯을 보고, 찍고, 죽어가고 녹아나는 것들에 대해 눈길을 주는 것이 아니기 때문이다. 여름날 한바탕 소나기에도 녹아버릴 만큼 작고 약한 것이 산등성이 변방에서 간신히 갓을 쳐들고 살아내는 버섯을 보며 천만 가지의 사색에 빠지는 것이기 때문이다. 그리하여 그 각종의 버섯에서 수만 군상의 인간들을 발견하는 것이기 때문이다.

어쩌면 심종록 시인은 버섯에서 일종의 육친 같은 것을 느낀 것이 아닐까 하는 생각이 들었다. 그의 사유의 두께에는 고금동서, 십방삼세의 세상살이에서 흘러나온 각종의 설화와 신화, 역사와 시, 소설, 영화, 미술 등의 이야기들이 섞이고 녹아들어 심종록의 언어로 다시 짜여 나온다. 뽕잎을 먹고 실을 뽑아내는 누에는 사나운 몸짓을 보이지는 않지만, 낮이고 밤이고 가만가만 뽕잎 먹는 소리가 끊이지 않고 이어진다. 한밤의 고요 속에 들면 그 뽕잎 먹는 소리가 엄청난 소리로 들린다. 그런데도 항차 예쁜 옷을 만들 수 있는 원재료를 토해내는 존재라 양잠을 하는 주인들에게는 흐뭇한 자장가처럼 들렸으리라. 자연 이 소리와 누에의 헌신에서 심 시인의 사유는 누구보다 고요해졌을 것이다. 고요할 뿐만 아니라 정치하고 예민하고 전복적이다.

"세상에는 많은 사람이 있는 것과 마찬가지로 그와 비슷한 수의 신앙이 있다. 그리고 모든 신앙은 미래지향적이다. 어떤 종교는 종말론을 내세우기도 하지만, 그것 역시 '내일의 무엇인가를 소망'하니 미래지향적이긴 마찬가지다. / 신앙은 현실의 고통과 불안을 다독이는 힘과 위로를 당사자에게 제공한다. 기적을 바라는 −때로 이루어지기도 하는− 그 신앙은 그러나 양심과 도덕에 기초해 있어야 한다. 그것이 와해될 때, 이웃은 타도해야 할 '적'이 된다."(본문 중에서)

책의 <2부. 세상의 모든 날들>에서 「절구버섯아재비와 말하는 두더지 잡기」라는 단락에 나오는 문장이다. 모래알보다 많은 사람들, 그 사람들이 뱉어놓은 각종의 신념은 또 얼마나 많은 언어와 행위로 나타나고 있는 것인가. 시인은 이런 사회적 시스템에 대한 명징한 나이프와 따뜻한 마음을 풀어놓는다

이번 책은 <1부. 빅뱅 이후>, <2부. 세상의 모든 날들>, <3부. 도색영화의 주인공처럼>, 이렇게 세 개의 단락으로 나누어 실었다. 매 단락 해당 버섯 사진과 함께 작가의 소회가 실려 있다. 여기에서 소회란 단순한 버섯 얘기만이 아니라 그 버섯의 특성에 기인한 세상사와 연결이 돼 있

다. 얼핏 서로 다른 이야기를 하는 것처럼 보이지만, 경로를 달리한 하나의 길처럼 그것은 같은 곳을 향하고 있다. 머 당연하지 않은가. 또한 그의 책은 그 도저하고도 유려한 문장의 맛이 백미이기도 하지만, 이렇게 저렇게 어떤 단어나 현상의 유래도 알게 되어 재미도 있고 유익한 것도 많아 술자리 안주로도 감칠맛이 새록새록하다.

"곤충을 먹이로 하는 새들도 있겠지만 열매를 먹이로 하는 새들도 있다. 가을에 식물의 열매들이 고운 색으로 익어가는 것은 치밀하게 계산된 생존 전략이다. 먹혀야 사는 식물들은 도발적인 색상으로 새들을 유혹한다. 그들은 새들의 먹이가 되어야만 생존의 영역을 확장할 수 있다. 새는 열매를 삼키지만, 씨는 소화시키지 못한다. 씨는 당연히 배설물과 함께 땅으로 떨어진다. // 어떤 열매는 아교처럼 끈적거리는 살을 갖고 있다. 소화 기관이 짧은 새들에게 이 상황은 치명적이다. 맛도 좋고 보기도 좋아 한입에 삼켰는데, 끈적거리는 특성 때문에 소화가 쉽지 않다. 당연히 똥구멍이 막힌다. 똥구멍이 막힌 새는 나뭇가지에 앉아 자신의 똥구멍을 후벼 판다. 우여곡절 끝에 막힌 똥구멍이 뚫리면서 배설물이 빠져나오고, 새는 홀가분하게 날아간다. // 새의 배설물과 함께 빠져나온 씨앗이 나뭇가지를 숙주 삼아 싹을 틔우고 자라는데 다름 아닌 겨우살이다. 겨우살이는 그런 방법으로 나무에서 다른 나무로 존재의 영역을 넓혀간다."(본문 중에서)

<2부. 세상의 모든 날들>의 중간 부분에 실린 「노란분말그물버섯과 겨우살이」라는 단락의 전문이다. 우리 생명 있는 것들은 생명 연장의 역사적 사명을 띠고 있다. 이것은 그것이 하늘의 것이든, 뭍의 것이든, 지하의 것이든, 또 그것이 그 생명붙이의 내부에 있든 외부에 있든 어쩔

수 없이 맞은 저마다의 사태이다. 사정이 그러하니 자신의 후손을 퍼뜨리기 위한 기상천외한 작전들이 수행된다. 특전사 따위는 찜쪄먹는 생존술, 우리는 그것을 자연이라고 부른다. 자연은 평온하되 평온하지 않은 이유가 되겠다. 다리가 없어 사방으로 뿌리지 못하는 씨앗들을 하필 날자 하니 소화관이 짧은 새들을 이용하는 기민함이나 은밀함은 또 우리가 아는 여타의 번식 방법과 함께 감탄을 자아내게 한다.

"콜럼버스(Christopher Columbus)의 대항해 시대 이후에도 이와 비슷한 전염병이 세계를 휩쓸었다. 병을 옮기는 것은 '트레포네마'라는 바이러스였다. 이것은 바퀴벌레의 몸속에 기생했는데, 인간들이 동물들을 사냥하고 사냥당하는 과정에서 입은 상처를 통해 인간의 몸속에 들어온 것이었다. / 트레포네마는 타액과 정액을 통해 다른 사람들에게 전파되었지만 별다른 관심을 받지는 못했다. 고작해야 성기나 항문, 입술 주위에 매화꽃 모양의 피부 궤양을 일으켰다가 사라졌기 때문이었다. 그런 사소한 증상이 저주와 두려움의 대명사로 둔갑한 것은 콜럼버스 대항해 이후였다. 콜럼버스와 일당들에 의해 유럽대륙으로 건너온 이 바이러스는 수백만 명의 목숨을 앗아갔고 그 몇 십 배에 이르는 사람들을 고통으로 몰아넣었다. 그 병의 이름은 매독이었다. // 『아웃 오브 아프리카』를 쓴 아이작 디네센(Isak Dinesen)은 두 번이나 노벨 문학상 후보에 올랐던 작가다. 그녀는 결혼한 직후 매독에 걸렸는데 남편 때문이었다. 농장주였던 그는 농장의 하인들과 거칠 것 없는 섹스를 즐겼고 그 과정에서 매독을 얻어 부인에게도 옮겼다. 그녀는 악랄한 고열을 비롯해서 수은 중독(매독을 치료하려다가 얻은), 탈모와 구토와 격심한 위경련으로 극한의 고통을 겪으면서도 글쓰기를 멈추지 않았고, 77세 때 아프리카를 여행하다가 세상을 떠났다. / 결국 트레포네마 바이러스는 그녀에게 엄청난 고통과 상처를 주었지만 다른 한편으로 명료성과 창의성을 선사하기도 했다. 베토벤과 니체가 그랬듯이. 홀로코스트의 살인자 히틀러가 그랬듯이."(본문 중에서)

<3부. 도색영화의 주인공처럼>에 나오는 「파리버섯과 팬데믹 시대」라는 글의 일부이다. 파리는 그 이름만으로도 창궐하는 전염병을 연상케 한다. 지금의 코로나19보다 더 직접적으로 매독은 그 시절 사람들을 공포에 휩싸이게 했다. 그런데도 유명한 예술가들은 이 매독균에 어쩔 수 없이 죽고 말았다. 그렇지만, 이 매독으로 그 시절 무분별하고 비위생적이던 성문화가 많이 달라졌다고 한다. 마찬가지로 코로나19는 지금 인류의 문명과 성취를 되돌아보게 하고 있다. 코로나19를 계기로 과연 인류가 이 지구의 주인일 수 있겠느냐는 다소 격앙된 생각을 하는 나와는 다르게 심종록 시인은 '파리버섯'을 불러 그들의 언어로 점잖게 타박한다. 이것이 엉터리 선사들을 혼내주는 수행자 심시인의 지긋한 방법이 될 것이다.

여기서 잠깐, 그리 길지 않은 시간이지만 심종록 시인을 알게 된 연유도 생각해본다. 이게 다 강과 길 덕분이다. 다산이 그 오랜 귀양살이를 끝내고 조카의 결혼식에 참가하기 위해 양평 본가에서 춘천, 화천으로 두 번의 나들이를 하게 되는데 두 번 다 배를 타고 다니게 된다. 이 강이 낸 길을 따라 '다산길'이라고 이름을 지어 중간 중간 다산이 지은 시비를 세워 감상도 하며 너나없이 즐겁게 떠다니는 참이었는데, 이 길을 같이 걷자고 심종록 시인이 나타난 것이다. 불편한 몸이었지만 누구보다 쾌활하였고, 비록 그가 하고자 하는 말을 잘 알아듣지 못하였으나 누구보다 명징하였다. 불편한 몸을 지닌 그는 누구보다도 문자에 기

댈 수밖에 없다. 하여 그가 쓰는 세상에 대한 그의 눈길과 손길은 비할 수 없을 만큼 예리하게 벼리어 있었던 것이다. 이후로 우리는 시인 심종록은 물론 인간 심종록에게 매료되었다.

　나는 개인적으로는 싸리버섯을 좋아한다. 산호초 같은 모양새와 보랏빛 형형의 색깔도 좋지만, 그 아삭한 식감과 무던한 맛이 좋아서일 게다. 아무튼 버섯은 그늘지고 바람 좋은 비탈에 꽃이 피듯 어쩔 수 없이 자란다. 숲은 이것으로 더할 나위 없이 풍성해지고 뜨거워진다. 꽃이 나무가 피우는 것이라면 버섯은 어쩌면 흙이 그 육화된 정령을 모아 피우는 하나의 잔치가 아닐까. 큰 것은 큰 것대로 낮은 것은 낮은 대로 다 하나이다. 어차피 우리는 혼자 살지 못하지 않는가. 나도 모르게 부모의 등골에 빨대를 꽂고, 친구나 친지에게 도움의 더듬이를 사방으로 뻗어놓고도 매일 흔들리며 살고 있지 않은가. 그러니 조금 모자라고 조금 지루하더라도 너무 부끄럽게 생각할 일이 아니다. 다만 혼자만 보고 혼자 가지려 하지 않는가 정도만 되돌아보며 즐겁기로 하자. 늦여름 산에 올라가면 그야말로 만산의 홍엽처럼 바닷속의 산호초처럼 온갖 버섯들이 창궐하고 있다. 누가 이 짧은 생을 외면할 것인가. 이 광경을 보노라면 흐뭇하여 절로 노래가 나온다. 모다 버섯!!!!

보잘것없는 존재들의 덧없어서 아름다운 이야기

벗어? 버섯!

1판 1쇄 발행   2021년 7월 20일

지은이   심종록
발행인   윤미소
발행처   (주)달아실출판사

책임편집   박제영
디자인   전형근
마케팅   배상휘
법률자문   김용진

주소   강원도 춘천시 춘천로 257, 2층
전화   033-241-7661
팩스   033-241-7662
이메일   dalasilmoongo@naver.com
출판등록   2016년 12월 30일 제494호

ISBN 979-11-91668-05-6 03810

* 잘못된 책은 구입한 곳에서 바꿔드립니다.
* 책값은 뒤표지에 표시되어 있습니다.
* 이 책은 한국예술인복지재단 후원으로 제작되었습니다.